2211

SIDONIA.

I.

MOYEN DE PARVENIR *en littérature*, ou
Mémoire à consulter sur une question de pro-
priété *littéraire*, dans lequel on *prouve* que le
sieur MALTE-BRUN, *se disant Géographe da-
nois*, a copié *littéralement* une grande partie
des OEuvres de MM. LACROIX, PINKERTON,
WALCKENAER, ainsi qu'une partie de celles
de MM. GOSSELLIN, PUISSANT, LANGLÈS,
SOLVYNS, etc. ! etc. ! et les a fait *imprimer et
débiter* sous son nom ; et dans lequel on dis-
cute cette question importante pour le commerce de la librairie : « Qu'est-ce qui distin-
« gue le *plagiaire-copiste* du simple *contre-
« facteur*; et jusqu'à quel point le premier peut-
« il être regardé comme devant encourir la
« peine portée par la loi contre le dernier ? »
Par JEAN-GABRIEL DENTU, Imprimeur-Li-
braire ; 1 vol. in-8° de 200 pages, grande jus-
tification ; deuxième édition, augmentée d'un
grand nombre d'articles nouveaux, copiés de
la Géographie de Pinkerton, etc. Prix, 2 fr.

Franc de port,   2 fr. 50 c.

Ces ouvrages se trouvent aussi au Dépôt de ma
Librairie, Palais-Royal, galeries de bois,
nos 265 et 266.

SIDONIA,

OU

LE REFUS.

TRADUIT DE L'ANGLAIS

D'ÉLÉONORE SINGLETON,

PAR MADAME DE VITERNE.

> Ô bonheur passager de l'homme,
> après lequel nous courrons plus qu'a-
> près l'éternité! toi qui tiens l'exis-
> tence d'un regard capricieux de la
> beauté, ou de quelque faveur de la
> fortune, tu ressembles bien à un
> matelot ivre, appuyé contre un mât,
> prêt à s'endormir et à rouler dans le
> sein des eaux!
>
> SHAKESPEAR.

TOME PREMIER.

~~~~~~~

PARIS,

J. G. DENTU, IMPRIMEUR - LIBRAIRE,

Rue du Pont de Lodi, n° 3, près le Pont Neuf.

1812.

PRÉFACE DE L'ÉDITEUR.

TRIBUT D'AMITIÉ

RENDU AUX MANES D'UNE CRÉATURE PARFAITE,
SANS AUCUN MÉLANGE D'ENVIE,
DE CAUSTICITÉ OU DE VANITÉ,

CONTENANT LA VIE ET LES OPINIONS
DE DÉFUNTE MISTRISS

PRUDENTIA HOMESPUN.

C'EST avec un regret bien sincère
que j'annonce au public la mort d'un
auteur inimitable, mistriss Prudentia Homespun. Ses talens sans rivali-
té, et la juste célébrité dont elle a
joui, me dispensent d'éloges : sans
cela, j'observerais qu'elle était in-
comparable dans son goût, unique
dans son style, et d'un mérite abso-

lument transcendant dans toute es
pèce de littérature. Cependant, pa
un effet singulier de tempérament
cette femme, élevée au plus haut de
gré de gloire, n'en perdit pas pou
cela la simplicité attractive de se
manières; et par une suite d'événe
mens rares, on la vit recevoir la cou
des grands, aimée et admirée de se
égaux, et révérée de ses inférieurs
La médisance n'atteignit jamais s
réputation, ni l'envie ne s'attacha
ses pas. Je suis assurée que les gen
du plus haut parage aspirèrent à so
estime, et qu'il lui fut offert des pla
-ces lucratives ainsi que des pensions,
mais que (sans pourtant qu'elle me
l'eût jamais dit) elle refusa absolu
ment les présens les plus considéra
bles. J'attribue cette délicatesse scru
puleuse à l'originalité particulière de
son caractère, qui la portait à pré-

férer une vie d'une rigidité plus que
spartiate, et une obscurité parfaite
aux attraits de l'opulence. Ce sont les
conjectures que je me suis plue à
former d'après ce que j'ai vu, qu'un
pareil génie demeurât à un rez-de-
chaussée à Danbury, dans un temps
où l'on distingue si bien le vrai mérite et la science, par la protection et
les encouragemens qu'on leur accorde. Sans doute que le mystère
d'une conduite tellement désintéressée sera développé dans le prochain
numéro des *Public Characters*. Cet
ouvrage excellent, étant enrichi soigneusement de maintes anecdotes et
de citations des motifs particuliers
qui ont fait agir de grands personnages, on y pourra trouver des choses faites pour étonner quiconque se
sera trouvé avec ceux dont on va
parler.

Pour en revenir à mon incompa-
rable . . . . . amie, allais-je ajouter,
sans penser qu'une expression semblable peut faire croire que j'ai envie
de m'égaler à celle qui, en mérite
comme en caractère, surpassait tout
ce qu'il y a de mieux. Je sais fort
bien, d'ailleurs, que la modestie et
l'oubli de soi-même sont strictement
requis dans tout être qui s'expose
sur l'océan orageux de la littérature :
je proclame donc du fond de mon
cœur, que je suis totalement indigne
du titre inappréciable dont je voulais me servir. Cela est vrai, et
quel que soit ce que je pourrai dire
tout-à-l'heure, et penser de contraire
à ce qui nous occupa pendant vingt
ans que nous nous réunîmes tous les
matins pour moraliser sur les défauts
toujours croissans de nos connaissances ; malgré que nous prolongeâ-

mes le terme pénible jusqu'à ce que
nous eussions dévoré un plat d'excellentes cotelettes, en ne nous quittant que pour nous réunir le soir,
afin de rafraîchir nos esprits, et que
nous remissions au lendemain à continuer nos dissertations sur les fai-
blesses de l'humanité, en ressentant
une rage vertueuse à chacune de nos
remarques ; quoique je fusse la dé-
positaire de ses secrets, la gardienne
de ses manuscrits, la surveillante de
ses geraniums, la protectrice de son
chat pendant ses excursions d'été......
quoiqu'elle respectât mon opinion
presque autant que celle de Betty,
sa ménagère, et me permît de paraître chez elle avant que sa toilette
du matin fût achevée : nonobstant
toutes ces preuves d'estime, je dirai
toujours (et ce pour cause) que la
seule faiblesse que je découvris ja-

mais dans l'illustre Prudentia, fut son affection partiale pour une créature d'aussi mince valeur que la pauvre Eléonore Pingleton, dont le nom obscur s'est trouvé immortalisé par son insertion à la tête d'ouvrages destinés à durer *jusqu'à ce que le temps et le langage ne soient plus.*

Quand mes lecteurs et moi aurons repris haleine à la suite de cette période formidable, je continuerai de remarquer que ce ne furent pas là les seules preuves indubitables du plus constant attachement. Feu mon amie (cher lecteur, il m'est permis après ce que je viens d'avancer, d'user d'une épithète adoucissante pour mes sentimens) m'a rendue son exécutrice testamentaire, ainsi que sa légataire universelle. Je n'ai trouvé à sa succession ni terres, ni maisons, ni bijoux, ni service de vermeil, mais deux étudioles et cinq coffres remplis d'ouvrages non achevés, de sa plume féconde. Je me suis donc imposé la tâche convenable à un éditeur laborieux, et en faisant vœu de persévérance de tout livrer à un public admirateur et généreux ; étant pleinement convaincue que mon amie n'avait condamné le fruit de ses veilles à l'oubli, que par une modestie excessive, à moins que ce ne fût par un excès de paresse. Elle tombait assez dans l'erreur commune aux grands génies, qu'il vaut mieux ne s'occuper que de ce qui est reconnu excellent, plutôt que de dévorer de plates nouveautés ; et elle parlait toujours avec éloge des auteurs vivans, qui s'enterraient sous leurs ouvrages, tandis que les morts se trouvaient exposés par leurs amis peu judicieux, à un pilori, fait des manuscrits qu'ils

avaient dévoués eux-mêmes aux
flammes.

Pour me justifier de la démarche
que j'entreprends, de livrer au public
les ouvrages de mon amie, je dirai
d'abord que la conduite des gens dif-
fère souvent, par sagesse, des opinions qu'ils avancent. Si mistriss Prudentia Homespun craignait un assas-
sinat posthume (ainsi qu'elle s'exprimait), pourquoi ne détruisit-elle pas
tous ses papiers, seul moyen de pa-
ralyser l'industrie de son éditeur et
de son libraire, ainsi que de tromper
l'attente du public, qui ne lut rien
avec autant de plaisir que ses der-
nières paroles et ses fragmens im-
parfaits, qui coururent le monde à
l'insu de leur auteur? Le soin qu'elle
avait pris pour conserver et classer
la multitude de ses écrits, m'a convaincue qu'elle avait une haute idée

de leur valeur intrinsèque; et comme il se pouvait qu'elle ne les eût conservés que pour être lus par ses amis particuliers, j'avoue que cette singulière distinction, si elle eût eu lieu, devait me porter naturellement à complimenter nos intimes sur cette faveur accordée à leur bonhomie, et j'eusse plaint le public de sa non participation à nos plaisirs les plus délectables. Mais étant moi - même d'une communication des plus franches, je me suis décidée à exposer ces *perles précieuses aux rayons du jour,* en les sortant de la mine obscure où leur lustre avait été long-temps caché; et pour tout dire, en un mot, ces obligeans spéculateurs, qui sont toujours prêts à acheter les correspondances secrètes, les mémoires biographiques, les esquisses des caractères, les fragmens étiques,

les anecdotes scandaleuses, les productions poétiques, les conjectures
politiques, les détails circonstanciés
sur des sujets tenus secrets, les sys-
tèmes économiques, etc. etc. qui n'é-
taient point destinés à voir le jour,
et qui sont garantis par un écrivain
aussi célèbre que la personne qui
vient de mourir, sont invités à en-
voyer leurs offres, franc de port, à
mistriss Eléonore Singleton , chez
mistriss Patty-Pan , vis-à-vis le *Lion*
Bleu, à Danbury. Je dédaigne de
vanter ma marchandise; mais je laisse
espérer que le plus grand soin sera
mis à soutenir la réputation de la défunte et les sentimens de la survi-
vante; ce qui, pour des raisons sensibles appartiendra au plus offrant
et dernier enchérissenr.

Certaine de recevoir de nombreu-
ses demandes, comme aussi d'être

en garde contre l'esprit de piraterie,
qui est prompt à enlever le fruit du
génie par des imitations détestables,
je prendrai soin de ne développer
mes richesses testamentaires qu'à fur
et mesure, afin de ne pas exciter le
plagiat frauduleux. Je dirai donc que,
dans ses œuvres posthumes, mon
amie a pris la route la plus commune
de composition ; c'est-à-dire qu'elle
s'est servie de la fiction pour parler
de personnages bien connus. Dans
ces récits agréables on trouvera la
vérité, le mensonge, la médisance,
la flatterie tellement mélangés, que
chaque lecteur pourra jouir du plaisir délicieux de deviner nos secrets,
et de connaître la satire sans se donner la peine d'aller aux informations
du matin et aux réunions du soir.
L'ambiguïté de l'équivoque est tellement ménagée dans ces composi-

tions fines et délicates, que non seulement les réputations y sont assas-
sinées sans danger, mais que chacun,
regardant à la même lanterne magi-
que, voit la caricature de son voisin
sans apercevoir la sienne. N'ayant jamais eu de goût pour les charades ou
les calembourgs, je me plais cependant
dant à offrir au public des nouveautés énigmatiques, pour suppléer aux
amusemens surannés de nos grand'-
mères, qui n'avaient pas le talent,
comme les dames d'aujourd'hui, de
mettre tant d'esprit et d'ingénuité à
découvert. Mais comme tout le monde
ne saurait se donner le mérite de la
vivacité des idées, et que bien des
personnes se trouveraient exposées à
la mortification, si on l'exigeait d'elles,
on promet, pour les venger de la
modestie de leur génie, de les mettre
au fait des énigmes et du *mot du*

guet de la bonne société; ce qui
n'exige qu'une connaissance un peu
plus particulière du monde : par suite
de cette connaissance que chacun
possède aujourd'hui, excepté ceux
qui vivent dans une parfaite retraite,
il leur sera appris à se mettre en tiers
dans le commerce agréable de la médisance, de la diffamation et de toutes les gentillesses généralement reçues. Quant à l'occupation bien innocente que trouvent les auteurs à
saisir un des traits principaux, ou
quelque anecdote piquante sur nos
demi-capables du jour, ou sur nos
gens à grand costume, je dirai, pour
leur rendre justice, qu'ils déforment
tellement les premiers, et ajoutent
tant de couleurs aux autres, que les
parties intéressées ne sont pas plus
reconnaissables dans leurs tableaux,
que M* *? ne le fut par l'enseigne

de son parent l'aubergiste du C......

Ma défunte amie, à mille et une excellentes qualités qu'elle possédait, avait le malheur de joindre un peu d'humeur morose et d'être peu accommodante sur l'article de la moralité. Elle fut long-temps l'ennemie décidée de cette mode de *broder* une histoire ou d'amplifier un rapport, dans le louable dessein d'amuser autrui, soutenant que ces mélanges de fables et de vérités ne servaient qu'à empêcher une honte convenable et à créer les démons qu'ils dépeignent. Mais je soupçonne que, depuis, son libraire lui conseilla de changer d'opinion, et je pense que la sienne, si tenace, a subi une révolution complète à l'époque du dernier réglement sur les revenus, où la partie la plus humble de la classe miloyenne s'est trouvée si heureuse-

ment délivrée de toute tentation d'é-
galer ce qui est au-dessus de ses
moyens. Je pense qu'il était convenable alors que mon amie changeât
son style virulent de déclamation en
plus de douceur , et qu'elle attaquât
le vice avec des armes couvertes de
fleurs , plutôt qu'armée de pied en
cap. Quel plaisir je vais procurer au
public en l'informant qu'elle a, depuis ce temps , rassemblé au-delà de
douze cents anecdotes des *caractères
publics* , sans rencontrer un seul caractère; des nobles sans noblesse, et
des dames d'une réputation tout au
moins équivoque ! Mais émerveillée
de l'adresse étonnante qu'elle eut à
se procurer ces connaissances histo-
riographiques, je dois ajouter qu'elle
fut aidée de moyens dont personne
n'oserait se vanter. Outre ce , elle
était en correspondance avec les es-

prits femelles les plus actifs et les
plus pénétrans de chaque capitale
des comtés d'Angleterre. Elle connaissait toutes les ouvreuses de loges
des théâtres ; elle était en relation
avec les plus fameuses modistes ,
bijoutières et maîtresses d'hôtels gar-
nis de Londres. Son avidité d'informations était si grande et si bien connue , qu'elle recevait souvent des
renseignemens de cette classe d'inférieurs, autrement dits subordonnés ,
que les *hauts ordres* croient incapa-
bles de voir ou d'entendre , et que
pour cela ils rendent témoins de petites peccadilles qu'ils rougiraient de
confier à leurs égaux. Cependant j'a-
vouerai que je crois honteux pour les
privilégiés de la grandeur de souffrir que leurs *gens* fassent des observations et tirent des conclusions malignes sur ce qu'ils voient ; mais

comme ces choses arrivent aussi dans
les familles les mieux réglées, j'engage seulement les maîtres et les maîtresses de maison à ne rien faire devant leurs domestiques qui ne puisse
être approuvé, et à ne pas fréquenter
des personnes avec lesquelles ils sé-
raient très-fâchés qu'on les sût en relation. Une telle garde à prendre sur nos
goûts et nos habitudes est, je l'avoue,
assez difficile dans le particulier,
quoique l'expérience prouve qu'elle
peut avoir lieu dans le général ; cependant elle vise beaucoup à substi-
tuer la vertu austère, mais solide, de
sincérité, à la façon plus commode
et plus agréable de ne pas se gêner ;
ce qui, certainement, empêchera que
mes avis ne soient adoptés. Au reste,
je conviens qu'une source première
de l'amusement du public serait per-
due par là ; car comment saurait-on

les histoires particulières des familles,
si les laquais, les femmes de chambre
et toute espèce d'êtres mercenaires
qui vivent auprès des riches, n'a-
vaient rien à communiquer? Si les
perquisitions cessaient avec le long et
cetera du service secret et bien payé,
en vérité, je vois tant d'inconvéniens
accompagner mes vues de réforme,
que je les laisserai, comme ceux des
économistes, reposer dans l'ombre
jusqu'à de meilleurs temps.

Mais je m'aperçois que je me suis
égarée de mon sujet, et je m'em-
presse de le reprendre, en donnant
un compte de la vie et des opinions
de mistriss Prudentia, dont je n'ai
encore dit que fort peu de choses.
Sans doute elle eut de fortes raisons
de garder une taciturnité inviolable
sur la première partie de son histoire.
Jamais elle ne nous a parlé de sa

famille; ce qui fait croire que Homespun est un nom supposé, sur-
tout d'après ce que nous remarquâ-
mes, que jamais aucun parent ne
vint la voir. Elle avait cinquante ans
accomplis quand elle vint s'établir
à Danbury, où elle prit la qualité modeste de mistriss, ne se coif-
fant qued'une grande capote noire,
portant habituellement une robe
grise et tenant à la main une forte
canne, laquelle, comme elle était
d'une taille haute et majestueuse,
lui donnait un air vraiment redou-
table. A ces agrémens physiques se
joignait un goût prédominant pour
les antiquités, ce qui occasiona,
sans doute, maints conflits pénibles
entre les sollicitations de ses adorateurs et sa détermination en faveur
du célibat. Ceci n'est qu'un soupçon,
car elle était trop modeste pour parler

des offres qui lui furent faites. La tendre amitié que je lui portais m'engagea un jour à questionner Betty au sujet des lettres d'amour des soupirans de sa maîtresse ; mais la fidèle créature affecta l'ignorance la plus complète. Je ne peux que recommander aux dames qui ont connu mistriss Prudentia de longue main, d'imiter sa conduite, ainsi qu'à toutes celles qui liront ceci à son âge ; car, quoique je sache (observez que je ne parle pas précisément par expérience) qu'une femme peut encore faire des conquêtes quand elle a passé le grand âge climatérique, il est prudent, ainsi que charitable, de cacher les peines et les mortifications de ses amans rejetés, parce que les jeunes personnes sont très-disposées à rire lorsqu'une beauté sans dents et à cheveux gris parle des cœurs qu'elle a réduits au désespoir.

Notre intimité commença à cette
époque, un jour de chaleur que nous
nous rencontrâmes auprès du verger
de M. Alsow. J'étais de plusieurs
années plus jeune que mistriss Prudentia, et j'avais l'air et les traits
d'une nymphe....... mais il n'est pas
question d'élever ici une comparai-
son : mon amie avait les beautés de
l'ame. Des maux de nerfs très-fré-
quens m'avaient donné pendant long-
temps une débilité apparente, ce qui
fit que la bonne dame m'en railla davantage sur mes manches courtes et
ma tête à la Titus, m'observant qu'il
y avait une grande différence entre
la jeune Nelly et Eléonore, beaucoup
plus âgée. J'étais un peu piquée de
ses plaisanteries, je l'avoue ; mais
une promesse qu'elle me fit d'attaquer un certain capitaine Target,

qui venait souvent chez elle à mon
grand regret, et qu'on attendait le
soir même, me rendit ma belle humeur. Ce maussade personnage avait
la manie de rire des airs enfantins et
des minauderies de quelques vieilles
filles de notre connaissance, en ju-
rant qu'il n'épouserait jamais une
femme *enfant ;* ce qui me força,
malgré moi, à renoncer à ma manière trop jeune de me mettre, et
me rendit *mistriss Eléonore* quinze
ans avant l'époque où l'on prend ce
titre.

Ce fut alors que ma liaison avec
mistriss Prudentia s'établit tout à fait,
et je puis garantir que je ne lui ai
jamais rien connu qui contredît sa
vertu sans tache et la franchise de ses
manières. Je ne la vis dans aucune
circonstance regarder les beaux officiers à travers les bâtons de son évan-

tail, ni avoir des consultations avec
de jeunes avocats ou de jeunes
médecins. Elle ne courait pas non
plus les prédicateurs bien tournés,
sous prétexte que les discours d'un
bel homme édifient davantage; elle
n'avait point de tête-à-tête avec des
poètes galans pour les engager à
chanter ses mérites, ni ne conversait
dans le particulier avec des lecteurs
scientifiques. Rien d'équivoque ni
d'inconsidéré ne laissait douter de sa
sagesse; mais tout en elle était grave,
discret et digne de servir de modèle
aux aspirantes dans l'art de plaire, qui,
trop impatientes de s'emparer des
cœurs, oublient que le piége ne de-
vrait jamais être visible.

Mais quoique semblable à la chaste
reine du couchant, mistriss Prudentia
fut dégagée de toute pensée char-
nelle: cela n'empêcha pas qu'elle ne

donnât prise d'une autre manière à l
malignité de ses rivales. On l'accus
d'égoïsme et d'un penchant viole
à s'immiscer dans les affaires d'autru
Il est du devoir de l'amitié de ré
futer cette accusation, et comm
nous savons tous que ce, qui tient au
convenances dépend souvent des ci
constances où l'on se trouve jeté, le
motifs de sa conduite la justifién
pleinement. Ce qui était un droi
dans Fabius, qui avait un pays
défendre, aurait été un tort dan
Alexandre, qui laissa le sien pou
conquérir un empire; et si madam
F... n'avait pas eu d'autre idée e
allant chez lord A... que de regarde
ses tableaux du Titien, pourquoi so
mari aurait-il fait l'Othello à cett
occasion? Certainement mon ami
avait peu droit de dire : « J'agis d
la sorte, parce que cela me plaît » o

autre chose semblable ; cependant
la conversation entamée sur ce sujet
finissait généralement par une grande
supériorité de son côté. Il ne se trouvait alors personne de sa force sur
l'argument ; et quant à l'accusation
d'égoïsme, il serait heureux pour la
société, si tous les égoïstes qu'elle
renferme étaient des Prudentia Homespun. Son zèle pour réformer le
monde ne partait ni d'un orgueil amer
ni d'une censure indiscrète. Ses fautes personnelles lui donnaient peu de
souci, et en vérité je ne me suis jamais aperçue qu'elle crût en com-
mettre d'aucune sorte. Son esprit
était sans cesse en activité, mais
aussi nul soin de famille ne la trou-
blait. Je ne puis donner une preuve
plus forte du patriotisme qui l'animait, qu'en assurant qu'elle eût plutôt souffert mille dégoûts et mille

mortifications, que de laisser tomber
ses connaissances dans l'erreur sans
les en avoir averties. Quel homme
osera refuser la couronne civique à
une de nos consœurs si bien inten-
tionnée ? Nous ne pouvons, il est
vrai, nous battre pour notre patrie
comme les héros, ni exposer notre
santé et notre repos, ainsi que le
font tant d'hommes d'état *désinté-*
ressés; qui se sacrifient aux devoirs
que leur imposent la législation et les
crises politiques ; mais ne bravons-
nous pas les rhumatismes, les para-
lysies, les catarres et les fièvres putri-
des, en courant, dans tous les temps,
pour recueillir les nouvelles et apprendre à notre prochain ce qu'o
dit de lui ? Mistriss Prudentia, si su
périeure en tout, avait peine elle
même à se défendre de cette manie
c'est une chose à peu près semblable

qui a privé le monde d'un mentor
inappréciable, tel que cette dame, et
qui a enlevé à ses amies la compagne
la plus aimable qu'il y eût jamais.
Pauvre chère femme! elle ne revint
point d'une maladie causée par son
imprudence à se plonger dans la
neige, pour aller dire à Betzy Boldface que M. Stanza avait fait un ma-
drigal sur ses coudes d'un rouge cra-
moisi, malgré tout ce qu'on lui dit
pour l'en empêcher. Une toux violente en fut la suite, et les cloches
annoncèrent sa sortie de ce monde,
en même temps qu'elles carillonnè-
rent le mariage de miss Boldface,
qui s'était consolée des épigrammes
de M. Stanza, en le rendant maître
de sa fortune et de sa personne. C'est
ce que les beaux esprits de Danbury
appelèrent se coudoyer plus agréablement, tandis que l'heureux cou-

ple prétend devoir sa félicité à l'aimable influence de mistriss Prudentia, et que mistriss Stanza se présente
à l'église, vêtue plus que jamais *à
la mode de Vénus* ; mais l'harmonie
du premier mois de mariage n'en a
pas été pour cela interrompue,

Les entretiens prolongés de mistriss Prudentia , du soir et du matin,
étaient parfaitement dans le goût de
ceux qu'elle admettait à son école
d'esprit. Elle avait coutume de nous
recevoir à la porte de son salon et
de nous placer selon les strictes règles de l'étiquette ; et si elle n'avait
rien de nouveau à soumettre à nos
applaudissemens, elle établissait une
forme de jury pour juger de la vie et
des actions d'autrui, et citait tous
les *faux pas* qui venaient d'avoir
lieu dans le voisinage , et, comme la
duchesse de Stingwell (dont il sera

question dans cet ouvrage) , elle
criait : pille , pille , en lâchant les
chiens. Quand elle voyait notre odo-
rat en défaut , elle cherchait à nous
redresser par un sourire ironique ,
ou un avertissement aussi sentencieux que les sermons de M. Bur-
chell. Nos discussions avaient toutefois beaucoup d'analogie avec certaines assemblées : comme elles ,
nous avions la liberté de blâmer ,
de faire des digressions, des rodo-
montades , de tourner des pointes et
de lancer le sarcasme ; enfin de dire
tout ce qui nous passait par la tête,
Nul ne se voyait contraint d'attendre
un silence général, ou même celui
de la personne à qui on s'adressait,
et il n'était pas rare de voir parmi
nous des déclamateurs bruyans et
parlant tous à la fois. Mais quand le
tumulte de — Non , monsieur. —

Pardonnez-moi, madame, c'est mon opinion. — Mais rien n'est si choquant, monsieur. O quel homme insupportable! — Il n'y a pas de doute à cela. — Mais écoutez un peu ce qu'on vous dit. — Non, non, je vous entends bien. — Jamais il n'a été démontré une chose plus claire dans la vie, etc. résonnait par vingt voix différentes, toutes sur différens tons, il en résultait pour nos esprits animés un assourdissement de colloques tout à fait divertiss ns. Soudain ce bruit, égal à celui de la mer dans ses violens rugissemens, se changeait en un doux murmure quand notre digne présidente sortait de sa rêverie, pour nous dire poliment que nous nous trompions tous.

D'autres fois, lorsqu'elle nous admettait comme auditeurs de ses merveilleuses productions, nos langues

avaient entièrement perdu leurs facultés, excepté pour laisser échapper
quelques syllables d'admiration pour
des discours sentencieux, prononcés
par le goût, les connaissances et les
vertus renfermées dans l'enveloppe
terrestre d'une Prudentia. Ces jouissances exquises duraient jusqu'à ce
que nos domestiques arrivassent
avec l'ombrelle et les patins. Alors
nous faisions nos remercîmens pour le
plaisir et l'honneur dont nous avions
joui, et nous retournions chacun
dans nos foyers. Il est vrai que nous
causions encore un peu dans le chemin. Les esprits aveugles se plai-
gnaient de l'ennui qu'ils venaient d'é-
prouver ; les satiriques tournaient
mistriss Prudentia en ridicule, et les
gens prévoyans s'informaient de l'é-
tendue de sa fortune. Cependant tous
comptaient avec impatience sur une

prochaine invitation ; car la plus grande partie des initiés composait ce qu'il y avait de mieux à Danbury, et on ne souffrait pas là d'être oublié, sur-tout pour des réunions où se trouvaient tous gens de lettres et comme il faut.

Quand nos soirées attiques prenaient une augmentation de valeur par la condescendance de mistriss Prudentia pour nous lire quelques-uns de ses manuscrits, nous étions transportés au zénith de la félicité. Jamais auteur ne peut se vanter de dire qu'il ne s'est fait imprimer qu'à la sollicitation de ses amis, comme cette dame ; car non seulement nous étions unanimes dans nos approbations, mais aussi en la suppliant de régaler le public des fruits de son génie, aussitôt qu'il en naîtrait, en lui prédisant que la réception du nou-

veau poupon ne ferait qu'ajouter un
plus grand honneur à la couronne
brillante qui ceignait son front. On
voyait alors la suavité de notre hô-
tesse augmenter en proportion de
l'ingénuité bien sincère de nos décisions d'oracles. Betty était appelée,
et avait ordre d'apporter une autre
assiette de macarons et de biscuits,
puis on nous versait un nouveau petit
verre de vin de Chypre ; car il en est
de même avec les descendans du génie qu'avec nos poupées vivantes : le
plus jeune marmot est toujours le
plus chéri.

Pour se conformer , je crois, à
l'ancienne coutume de terminer une
cérémonie par un sacrifice auguste ,
nous ne nous séparions qu'après avoir
offert sur l'autel de l'éloge un mora-
liste de nos rivaux, qui se permettait
de nous censurer hardiment. Mistriss

Prudentia avait tellement l'*esprit de corps*, qu'elle cherchait toujours le coupable dans ceux qui se nourrissent du savoir faire des auteurs, et qui les tournent sottement en dérision. Je parle de ces critiques ignorans ou vaporeux, pour lesquels mon amie avait une anthipatie des plus fortes. Quant à nous, pour soutenir l'honneur immortel de Danbury, nous déclarions que notre opinion sur les compositions de celle que renfermaient ses murs orgueilleux, était mille fois au-dessus des satires les mieux tournées du plus amer censeur. Mistriss Prudentia mettait beaucoup d'acharnement à ce qu'elle appelait faire le procès à ces messieurs, dans leur propre cour, en leur refusant le droit de plaider leur cause eux-mêmes, ou de s'en rapporter à des conseils. Elle était tout à la fois avocat, jury et exécuteur. Une pareille autorité donnait du poids à ses sentences, qu'elle faisait circuler en nombreux exemplaires. Pour suivre, comme elle disait, leur méthode, elle lisait quelques passages de leurs écrits, dont elle retenait ce qui pouvait servir à accusation ; et passant sur le reste, elle prononçait lesdits atteints et convaincus de haute trahison, de sacrilége, d'envie, de sottise et autres crimes semblables. Elle jetait alors le gant aux mauvais plaisans, espérant qu'ils trouveraient agréable de servir de risée à leur tour, puisqu'ils se procuraient si facilement ce plaisir aux dépens d'autrui.

Mais je crains bien que ce panégyrique non interrompu ne m'exp ose moi-même à la critique dont on accuse à coup sûr injustement nos éditeurs et biographes, qui semblent

(malgré de bonnes intentions),
prendre à tâche de rendre leurs auteurs très-fragiles , en même temps
qu'ils les élèvent comme des demi-
dieux. Pour me garantir de ce tort,
je mettrai au jour deux circonstances
qui arrêtèrent la célébrité et dimi-
nuèrent la quantité des écrits de
mistriss Prudentia. Elle tenait fortement à la vieille aristocratie et croyait
plus au goût du public qu'à sa sincérité : du moins pensait-elle que la
dernière était beaucoup plus souvent
influencée que le premier, et que c'é-
tait là que se trouvait l'écueil. Comme
cette idée l'a empêchée de profiter des
occasions d'or que mille autres ont
saisies si avidement , en ornant leurs
impromptus de ces lieux communs
qui tombent dans l'oubli au bout de
quarante - huit heures , elle n'a pu
donner à ses portraits des gens de

qualité tout le fini que je crois nécessaire pour compléter la ressemblance.

Je reconnais avec peine qu'elle
était peu au courant de la manière
de vivre des gens en place, et qu'elle
s'opiniâtrait maladroitement à ne
croire les Grands coupables que d'erreurs inhérentes à la prospérité, et seulement incorrects dans leur morale,
parce qu'ils ne savaient pas se tenir
en garde contre eux-mêmes; enfin,
que les lords et les ladys étaient tout
bonnement des hommes et des femmes. Elle soutenait en même temps
que l'homme de rang devait être distingué d'un crocheteur, quoiqu'en
portant l'un et l'autre les livrées de
Satan. En vain lui disait-on que l'a-
mour de la nouveauté était si grand
chez les humains, que les nobles al-
laient de pair avec les grisettes et les

jokeys, et que les débauchés ou bons
vivans du jour ne copiaient ni Pé-
trone , Horace ou Lucullus , mais
adoptaient la liberté de manières des
boxeurs et des cochers ; tandis que
les *merveilleux* et *beaux esprits*,
non contens d'être licencieux , s'ar-
maient aussi d'audace et pensaient
qu'ils ne se déshonoraient pas assez
en imitant les gens de cour dans leurs
actions; mais qu'ils devaient, comme
eux , se montrer impudens, effrontés
et tapageurs. Aucune preuve ne pouvait convaincre mon amie que tel
était le ton adopté du jour. Elle
croyait fermement qu'il existait un
complot pour dénigrer le haut rang
et avilir les hommes en place, et ne
voulait pas entendre que les accusés
étaient les premiers conspirateurs
dans la chose, et les plus actifs pour
amener leur destruction en renver-

sant les arcs-boutans du respect et
de la vénération, qui empêchaient l'o-
pinion populaire de saper l'ancien
édifice de la grandeur baroniale. Le
temps, disait-elle, l'avait disposée à
croire aux choses extraordinaires,
mais non impossibles; et quand les
pamphlets venaient maintenir l'accusation, elle souhaitait que les lois sé-
vissent contre la calomnie, ou elle
assurait gravement que *night trip-*
ping fairy, que les nourrices avaient
échangé leurs enfans pendant la
nuit, et mis la progéniture de l'aventurier ou du vagabond dans le ber-
ceau des Plantagnet.

Ces préjugés, ajoutés à quelques
scrupules sur l'équité du blasphème,
et la décence des mots à double en-
tente dont se servent nombre de
gens pour se donner un air d'esprit,
de courage et de connaissance du

monde, faisaient penser que les écrits
de mon amie étaient froids, bigots et
hors de saison. C'est pourquoi je préviens que ses œuvres posthumes seront dégagées de ses fautes ; et comme
il est du ressort d'un écrivain de tran-
quilliser son lecteur , je promets de
ne pas perdre le fruit de mes peines
par des ornemens fastidieux sur la té-
nacité des principes , ou par un zèle
mal entendu à défendre ceux qui
s'embarrassent fort peu de ce qu'on
peut dire d'eux. Suivre le torrent sera
ma maxime, et quoique les restes lit-
téraires de mon amie servent de cons-
truction au vaisseau sur lequel j'em-
barque ma réputation , j'assure le
public que je serai équitable dans
mes corrections d'éditeur ; et peut-
être même ferai-je plus que corriger
Au moins suis-je assurée que mistriss
Prudentia eût parlé comme je vais

le faire , si elle eût été mieux infor-
mée, ou si elle eût vécu dans le siècle
actuel. Un nouveau vernis , un fond
doublé de cuivre et un pilote habile,
voilà de quoi mettre sûrement à la
voile le vieux navire Prudentia Homespun, qui voguera avec une grande
rapidité ; et pour sortir de la mé-
taphore, je dirai que les écrits en ma
possession sont si volumineux, que
je puis, à l'aide d'une petite transpo-
sition de dates, de faits et de noms ,
promettre au public un libelle , une
satire , une élégie, chanson ou ode,
qui seront prêts à sortir de la presse
à chaque grand événement qui occu-
pera la multitude , soit victoire na-
vale, nouvelles de cour, etc. Comme
c'est une belle chose pour un éditeur industrieux de ljouir de la célébrité, j'éviterai toute cette ponctua-
lité minutieuse qui empêchait mon

amie de tirer un meilleur parti de
ses talens, et j'avertis qu'aussitôt que
les copies de cet ouvrage seront con-
signées à la presse, je commencerai
une nouvelle série des veilles de mistriss Prudentia, dans lesquelles j'aurai
soin de parler avec douceur des vices
à la mode, et de fomenter tous les
mécontentemens de chacun. Les demoiselles ne seront pas plus long-
temps tourmentées par des répri-
mandes fatigantes, ni les dames âgées
ne gagneront plus de vapeurs à prê-
cher la morale. Les romans, que je
publierai ci-après sous le nom de
mon amie, endormiront ou stimule-
ront selon la tempête ou le repos de
la vie à la mode. J'invite tout le monde
à les lire, afin de voir comment je sais
rajuster proprement les réputations
quand elles en valent la peine, ou
quand les difficultés se rencontrent,

our donner un air enchanteur aux
mauvaises choses. Je prendrai soin
ussi de déprécier tel haut mérite ou
ertu sans tache, comme étant une
onte pour les autres. Je prouverai
a complaisance, en faisant faire un
aux pas à mon héroïne, et ma con-
aissance du monde , en obligeant
on héros à ne l'en aimer que mieux
our cela. Enfin quiconque souhaite
oir ses penchans flattés, son humeur
aressée, ses rivaux ridiculisés, et
ous les secrets des grands divulgués
t soumis à leur inspection , n'ont
u'à venir augmenter le nombre de
os acquéreurs.

Dans le présent ouvrage, il y a
rès-peu de touches de ma plume ;
ais comme je sais qu'il sera mieux
endu en y ajoutant une clé pour ex-
liquer qui sont ceux dont on y parle
rincipalement, je n'omettrai point

ce devoir important. Mon amie m'a-
vait dit souvent qu'en composant
elle pensait à certaines gens qu'elle
ne m'a pas voulu nommer, quoique
je l'en pressasse fortement. Cependant j'ai pu développer le mystère;
mais ma propre sureté m'a fait borner
à me servir de lettres initiales. Lady
Avondel n'est donc autre chose que
la comtesse de X..... Elle avait un
grande fortune et vivait avec son
oncle ; on la connaissait sous le nom
de la bonne petite Emilie. Un mariage et une naissance eurent lieu
dernièrement dans la famille de Y.
P..., et j'ai vu l'homme désigné sous
le nom de lord Avondel. Il était décoré de marques de différens ordres. J'espère n'être pas menacée de
persécution si je dis que c'était le
célèbre sir K — V — S Q — en,
qui est mort, on ne sait comment.

ans un duel avec on ne sait qui.
ir Walter Mandeville est le général
llemand, bien connu sous le titre de
aron Shd — Wglph. Il portait un
chapeau à la kevenhuller, avait la
goutte et était asthmatique. Il serait
dangereux de laisser soupçonner ee
qu'était Pauline, et tout le monde
connaît lady Mackintosh. Le caractère de Sidonia m'intrigua, jusqu'à ce
que je découvris que c'était un tribut
délicat à l'amitié et qui ne concernait
ue moi. Certainement ma beauté
est évanouie et le monde n'a pas
rendu justice à mon mérite.... mais
gare la satire... je me tais, afin de ne
pas l'exciter.

Je vais donc commencer cet abrégé
de l'histoire secrète du monde, avec
toutes ses imperfections; et j'assure le
public qu'à moins que quelques gens
que je ne veux pas nommer ne me for-

cent au silence, je serai une aut
fois moins soigneuse sur la perso
nalité.

Je suis sa servante la plus dévoué

ELÉONORE SINGLETON.

FRAGMENT

DE MISTRISS PRUDENTIA HOMESPUN,

SERVANT D'INTRODUCTION.

Monsieur Stanza, dans sa réponse au docteur, convenait que l'argument de sa révérence serait sans réplique, si l'histoire possédait réellement les avantages auxquels elle semble prétendre ; car certainement, mon cher Monsieur, dit-il, je ne suis pas assez don Quichotte pour disputer sur l'évidence des choses, ou contester ce qui porte le caractère de vérité. Je maintiens seulement que ces *in-quarto* si parfaits, qu'on dit contenir la vie des hommes illustres ou les destinées des empires, sont enveloppés

de beaucoup trop de fables, de conjectures et de méprises, pour être
appelés du simple nom de vérités ; et
j'assure aussi que nous transgresse-
rions les lois de la candeur en donnant à une fiction bien adaptée, qui
représente avec force les actions et
les passions humaines, la grossière in-
terpellation de mensonge. En parcourant Fielding, Richardson et Gold-
smith, nous nous croyons toujours en
compagnie avec nos semblables, et
souvent même avec des gens de notre
connaissance. Nous entrons dans
leurs sentimens, nous devinons ce
qu'ils vont faire ; et quoique les événemens y soient conçus quelquefois
plus mal à propos ou plus adroitement que nous n'avons coutume de
le voir dans la vie réelle, nous dou-
tons plutôt de notre connaissance
exacte du monde, trop limitée pour

établir des parallèles sans défaut, que
de la véracité de l'auteur dans les
improbabilités de son histoire : je
veux dire que, tant que l'enchante-
ment fascine nos yeux et notre jugement, nous nous croyons dans le pays
de la vérité. Mais, Monsieur, cet
effet a-t-il lieu quand nous lisons les
ouvrages de ces historiens et biographes qui peignent la nature humaine
sur des échàsses ou au niveau des
pygmées, en nous commandant d'a-
dorer leur perfection absolue ou
d'exécrer l'abrégé ignoble de toute
dépravation ? ou plutôt nous persua-
dent ils en nous montrant qu'ils ne
pensent pas ce qu'ils établissent, ou
en cherchant à être ingénieux avant
que d'être vrais, et en avançant des
opinions dont ils doutent eux-mêmes?
La difficulté de découvrir ce qui est
réellement matière de fait chez nos

1.*   3.

voisins, est évidente. Le changement de lieu augmente le danger de
l'invraisemblance, et la distance encore plus. Cependant un aventurier en littérature, qui voudra écrire
l'histoire des siècles passés, marchera
en avant, se qualifiera du titre d'historien ; et, armé de réthorique au
lieu d'archives, il donnera un nouveau tour aux faits, et de nouvelle
couleurs aux caractères, qui rendron
absolument nul le témoignage de
contemporains. Je n'appellerai pa
Lesage ou Cervantes des faiseurs d
romans, mais des auteurs tels que.....

« Mon cher Monsieur, dit le doc
teur en rompant brusquement le silence, prenez garde, il ne faut nommer personne.

« Je vous admire, répondit Stanza
mais il n'est pas besoin de personna-
liser : parler des qualités que ces au

teurs affectent d'avoir, suffit pour qu'on les reconnaisse. Quand on avoue que la partialité est louable dans un historien, et qu'on l'excuse, cela ne vous engage pas, j'en suis sûr, mon bon ami, à lire ses ouvrages dans l'espoir d'y découvrir la vérité. Le style pompeux de l'écrivain ne vous convaincra pas de sa bonne foi, quand vous le verrez dénaturer les événemens pour les accommoder à la couleur dominante de son travail, et omettre ces faits qui renverseraient sa chère doctrine, et qui sont trop tenaces pour être modelés en forme contraire. J'avoue que je hais un raisonnement établi pour diffamer la mémoire d'un homme révéré de son vivant, et j'ai un mépris égal pour l'exaltation d'un coquin qui ne la doit qu'à des récits erronés ou à une composition ampoulée. J'irai

même jusqu'à dire que notre véné
ration pour la vertu et notre horreu
pour le vice, sont affaiblies par cett
manière de varier si fréquemmen
nos opinions sur les générations pa
sées. Je penserai volontiers avec c
fameux voyageur qui disait que l'his
toire était la plus étrange, la plu
embrouillée, la plus sérieuse et l
plus incroyable de toutes les fiction
Si Tite-Live a été accusé d'outrage
les probabilités, non moins dans s
longues harangues que dans ses r
cits merveilleux : passeront-ils pou
narrateurs fidèles ceux qui, sans d
cumens authentiques, soutiennen
leurs assertions, inventent des moti
qui n'entrèrent jamais dans l'ame de
personnages dont ils parlent, ou qu
d'après quelques circonstances pa
ticulières recueillies sur de faux té
moignages, érigent un système ma

gnifique d'idées spéculatives ? » M.
Stanza continua alors de citer ce mot
bien connu de Pope : *Demandez
pourquoi César s'en alla de la
Grande-Bretagne* ; et voyant qu'on
ne lui répondait pas à lui-même, il
continua de déclamer ainsi :

« Quand un historien s'annonce
avoir une fin en vue en prenant la
plume, soit d'élever ou d'abaisser son
-sujet selon les circonstances, je le
déclare indigne d'être classé parmi
les écrivains estimables, et je range
ses œuvres sur la même ligne que
les ouvrages éphémères ou les plai-
doyers d'un avocat. Au contraire,
quand je reconnais un style élégant,
mais dégagé de tous ces renvois aux
autorités des temps, et de citations
de passages tout-à-fait apocryphes,
je me dis : voilà un écrivain sage et
qui me semble dévoué à m'amuser

en m'instruisant. Je juge de l'excel
lence de ses productions par la dos
d'esprit, d'imagination et d'éloquenc
qu'elles contiennent; et, pour en finir
je classe ce qu'on appelle commu
nément une histoire bien écrite, avec
les ouvrages de pur amusement, e
je suis convaincu que ceux qui éta
blissent leur opinion des temps pas
sés sur ces inventions, commetten
une erreur aussi grossière que l'a fai
la belle enthousiaste lady Arabella
qui s'était formé ses notions de l
cour d'Aguste d'après le roman de
l'impératrice Julie. »

Il n'y a pas de doute que le savant
docteur n'eût complétement réfuté
les assertions du poète, dont l'amour
pour Pégase le portait à croire que
Clio et Calliope étaient également
favorables à ses courbettes, et lui
permettaient de le manéger à vo-

lonté. Mais son savoir vivre lui avait appris que la compagnie se trouvait bien de l'esprit de Stanza, et que moi (qui déteste de voir une personne occuper la conversation sur un même sujet toute une soirée,) je ne l'encourageais pas à soutenir sa thèse, il garda le silence, et eut seulement soin, par quelques mouvemens d'improbation et une prompte évolution de ses pouces, de faire sentir à notre poète le mépris qu'il avait pour sa manière de penser.

Non content d'une victoire douteuse, le poète triomphant continua de jeter le gage de la controverse à son antagoniste; et après avoir prouvé que nous ne connaissions réellement que fort peu de choses des siècles passés, et démontré, par la nature de ces choses, qu'on n'en pouvait savoir davantage, il continua de met-

tre en question notre connaissance
du présent ; et les oraisons funèbres
de mon vieil ami Urbain (dont les la-
beurs reposent constamment sur ma
table à thé) lui servirent de texte. Il y
lut d'abord un éloge ardent sur sir
Mushroom Treatwell, qui, selon la
coutume, mourut généralement re-
grett é d'un grand nombre de connais sances respectables qu'il avait
« C'es t fort, celui-là ! dit Stanza avec
malice ; cependant il faut avouer
qu'il y a quelque chose de vrai dan
le pa négyrique. Le vieux traitant
avait un cuisinier français, et ses
vins étaient tous de première qualité
Sa maison ne désemplissait pas de
parasites qui l'encensaient pour ses
dîners ; et quoique ce ne fût là que
les balayures de Grub-Street, il se
croyait réellement entouré de tous
gens de gén e. J'allai une fois chez

lui pour jouir de la singularité de
voir tous les yeux et tous les complimens dirigés sur le grand homme
qui avait une table digne d'Apicius,
tandis que sa personne et sa conversation tenaient d'un Scarron et d'un
Midas. Je ne pus adresser mes remarques à mon voisin, qui me paraissait un flatteur vil et gourmand
tout à la fois, ni ne m'amusai des
platitudes de Josué Miller, débitées
dans un idiome de cuisine. Ce dernier me fit sa cour, à la vérité: car il
ne manquait pas de discernement
dans sa bouffonnerie; mais je vous
proteste, mesdames, que je ne fus
point une des personnes respectables
qui témoignèrent des regrets à la
mort de sir Mushroom. »

C'est sur ce ton satirique que
Stanza, parcourant quelques feuillets
du volume des oraisons funèbres,

nous prouva , à notre extrême éton
nement, que quelque vice ou bas
sesse dont on soit atteint , la fortun
et une affectation de libéralité assu
rent une réputation passable tandi
que l'on vit , et procure après la mor
une mention honorable dans les vó
lumes pleins de vérités qui contien
nent la vie des hommes illustres d
l'Angleterre. Il fit alors un commen
taire sur la folie de ne pas soigner
d'un côté, cette richesse idéale , l
réputation , et de l'autre d'en êtr
d'une avarice outrée : il continuai
sa prose sans fin quand , dieu merci
il fut interrompu par le journal qu'on
nous apporta et qui contenait ce
lignes :

« Le 27 de ce mois, est morte dans
la maison de son neveu, le comte
d'Ovendal , la très-honorable lady
Sidonia Delamore.

« Eh ! n'en dit-on pas davantage ?
demanda le docteur. Au moins, dit
Stanza, cette abstinence de censure
nous prouve que le siècle actuel est
aussi charitable qu'il est magnanime.
O tempora ! ô mores ! que cette
femme descende ainsi silencieuse-
ment dans le tombeau !

« Je pense, dis-je, que lady Sidonia était une femme bien extraordinaire ; je suis étonnée de n'en avoir
jamais entendu parler. »

Le grave docteur éleva les yeux
au ciel et convint que cela effectivement était étonnant. « Chère mistriss
Prudentia, dit notre poète, qui, avec
sa volubilité de langue, sa fatuité et
son entêtement, n'en est pas moins
un homme aimable, je suis assuré
que votre demeure n'a jamais été
souillée par le récit monstrueux de
l'inconduite du parjure et de l'oubli

des lois divines et humaines qui com-
posent tous les liens de la société. Si
une seule des personnes que vous
recevez venait voūs raconter de pareilles abominations, je suis sûr que
votre porte lui serait fermée sur-le-
champ et que vous la regarderiez
comme une calomniatrice de ses semblables, qui voudrait anéantir votre
charité et en imposer à votre candeur.

« Il n'y a pas de doute, dis-je, et
il vaut mieux cacher les actions de
gens de l'espèce dont vous parlez,
que de les mettre au jour. Mais quoique je sois l'ennemie de la détrac-
tion, quand une histoire est aussi pu-
blique, je ne vois pas d'inconvéniens
à l'entendre. Avez-vous connu cette
lady Sidonia, Monsieur ? Non, dieu
merci ! répondit Stanza en haussant
les épaules et se levant pour sortir.

« Mais y a-t-il donc quelque chose de si affreux à en dire, que vous ne puissiez vous expliquer en ce moment où nos jeunes demoiselles sont absentes ?

« Cela ne serait bon, Madame, qu'à divertir un Mushroom, ou ces personnes qui sont enchantées de voir rabaisser les autres à leur niveau. Pour vous, Madame, dont la pureté sans tache est aussi célèbre que celle de Diane, les aventures d'une malheureuse consœur qui...... »

En cet endroit critique la porte fut ouverte. Il entra un renfort à notre société, et Stanza devint muet comme un ancien oracle. Je défie les gens les plus mal disposés à mon égard de m'accuser d'une curiosité outrée; cependant j'avoue que la réticence de Stanza me mit *un peu* mal à mon aise par rapport à une consœur dont il

laissait ainsi la mémoire à demi-atta-
quée.

Le docteur ne fut pas plus com-
municatif. Ce digne homme avait acquis une réputation de science et de
sagesse, qu'il conservait en retenant
ce qu'il entendait dire, pour en faire
son profit particulier. Il avait grand
soin de ne pas s'embarrasser dans les
difficultés en se communiquant pré-
cipitamment, et on le voyait toujours
fermer soigneusement la porte d'un
salon avant de se permettre de lire
les nouvelles du jour. Il n'aurait
pas prononcé que le duc de Monmouth était le fils illégitime de
Charles II, sans ajouter bien vîte : à
ce que l'on dit. C'est pourquoi je
regardais comme une marque extraordinaire de confiance, qu'après
plusieurs visites et beaucoup de tâ-
tonnemens, il en vînt à m'avouer

(parce que je l'en pressais fortement) qu'on disait tant de choses
de la pauvre lady Sidonia, qu'il ne
pouvait que croire qu'elle avait deux
caractères totalement opposés.

Je n'ai pas besoin d'apprendre à
quelle source j'ai dû depuis des informations exactes qui m'ont fait com-
poser trois gros volumes (sauf ce que
j'ai ajouté) sur ce qui a rapport à
cette femme extraordinaire. Je me
félicite donc de n'être pas du genre
de ces historiens dont parle si sévèrement Stanza. Le monde n'a nul
doute sur ma véracité, et on sait
que, quand je suis stérile en matière,
je n'invente point, ni ne cherche à
m'étayer d'une préface pompeuse :
mes fautes et mon talent sont également connus. Tout ce que je me suis
permis est simplement, qu'ayant été
avertie que Stanza travaillait sur le

même sujet, j'ai pris mes mesures pour hâter la publication de mon ouvrage; car, quoique assurée que le sien ne lui ressemblera pas plus que la vie d'un homme écrite par denx personnes différentes n'aura d'analogie l'une avec l'autre, je crois d'un grand avantage de paraître la première au marché. Outre ce, la règle d'Horace sur le temps que les manuscrits doivent gémir sous la presse, ne sera pas appliquée à ce qui perd son prix par le retard ; car, lorsqu'il se sera écoulé six mois après la mort de lady Sidonia, personne n'entendra plus parler d'elle ou de son histoire. Stanza me menace d'une impression subite, mais j'espère que le public accueillera de préférence une vieille amie s'avançant à grands pas dans la vallée des ans, et qui a presque perdu la vue à son service. Cet ouvrage, en lui-même, est fait pour exciter l'attention par son originalité ; car, outre que mes lecteurs peuvent s'attendre à rencontrer quelques-unes de leurs connaissances en le lisant, l'histoire d'une vieille fille, avec toutes les médisances qu'elle a occasionées ou excitées pendant l'espace de soixante et dix ans, doit réellement paraître unique ; et quoique je puisse avouer l'avoir entreprise dans le dessein de rétablir l'honneur d'une consœur, je ne désespère pas d'occuper une place distinguée parmi les écrivains impartiaux.

SIDONIA.

CHAPITRE PREMIER.

Portrait d'un militaire humoriste, que la
prospérité ne rend pas heureux.

Miss Emilie Mandeville avait dix-
neuf ans quand, au printemps de 1778,
elle quitta la sombre solitude de Lime-
Grove pour aller habiter la demeure
magnifique de ses ancêtres, située
dans une des belles contrées du Devonshire. C'était, à cette époque, la
résidence de son oncle sir Walter
Mandeville, le dernier mâle d'une
ancienne maison, dans la personne
de laquelle la substitution expirait.
Sir Walter, comme cadet de famille,
était entré de bonne heure au service,
et s'était tellement livré à sa profes-

sion, que jamais aucune envie de se lier avec une personne du beau sexe ne le détacha de ses devoirs, comme militaire. Probablement que son léger patrimoine et plus encore le mariage de son frère, qui avait déjà plusieurs enfans, l'empêchèrent de se livrer à des tentations assez généralement irrésistibles. Ce qu'il y a de certain, c'est que le colonel Mandeville se laissa accuser d'une sorte de misanthropie contre les dames, jusqu'à ce que son neveu, jeune homme de seize ans et promettant beaucoup, le laissa par sa mort héritier du nom et des grands biens de la famille. Pour la première fois de sa vie, alors, sir Walter se repentit de l'avoir passée dans le célibat, parce que le nom de Mandeville allait, selon toute probabilité, tomber dans l'oubli, restant, ainsi qu'une jeune personne, les seuls

descendans de cette maison illustre.
Il se rappela que son frère sir James,
à son lit de mort, l'avait nommé tuteur de ses enfans ; mais tandis que le
jeune Georges vivait, Emilie sa sœur
était trop peu de chose pour attirer
son attention et lui donner le désir
de l'enlever aux soins de sa tante ma-
ternelle, lady Sidonia Delamore, quoique cependant il crût à cette dame
le caractère le plus odieux, et qu'il
fût à peu près convaincu qu'elle était
capable de pervertir les meilleures
dispositions de sa nièce.

Sir Walter Mandeville entrait dans
sa soixantième année, lorsque la mort
du jeune baronet le mit en possession
d'un crédit immense et de grandes
richesses, dont qui que ce fût ne pouvait lui demander compte. Il avait
vécu ignoré et presque dans l'indigence toute sa vie. L'injustice et la

mauvaise foi dont il s'était vu entouré l'avaient dégoûté de son espèce et, devenu opulent, il ne manqua d'observer que, si le pauvre militaire s'était vu rebuté et dédaigné, on faisait la cour avec empressement au même homme devenu un riche baronet. Cependant il ne pouvait se croire transformé soudain d'un être médiocre en un personnage d'un mérite transcendant, parce qu'il avait des millions ; et quoiqu'il eût entendu raconter bien des histoires, lorsqu'il n'était encore qu'enseigne, sur les heureux que la fortune favorisait, il ne manquait pas assez de pénétration pour ne pas sentir que les hommages s'offraient plus à son rang qu'à sa personne, et que rien ne le sauverait des railleries dont se venge l'indigence, s'il se conduisait de manière à les mériter. Cette conviction produisait sur

son humeur inquiète et mécontente
l'effet opposé à ce qui se rencontre
toujours. Il en devint plus timide,
plus embarrassé avec le monde et
moins content de lui-même. Sans son
extrême attachement pour son nom,
il y a parier que sir Walter, d'après
son mépris pour les sycophantes,
et sa compassion pour ces pauvres
marins qui exposent chaque jour
leur vie pour le salut de la patrie,
aurait présenté au roi une requête,
afin qu'il le débarrassât de richesses
qui pouvaient être placées en meilleures mains que les siennes.

Mais sir Mandeville crut, par orgueil, qu'il ne devait pas se défaire
d'un *iota* de ce qui lui appartenait,
et il se décida à soutenir dignement
le titre d'héritier d'une famille qu'il
regardait comme au-dessus de toutes.
Il eut donc, selon l'usage, ses jours

de réception ; il donna de grands dîners quoiqu'avec répugnance, et convaincu de sa maladresse, il se montra charitable , mais d'une manière bourrue, et il partagea les plaisirs champêtres, pour lesquels ses infirmités lui donnaient une profonde aversion, par la seule raison que les Mandeville, *tous êtres excellens*, avaient un grand goût pour les courses et la chasse. C'était bien avec connaissance de cause qu'il regrettait ces heureux temps où , comme officier à la demi-paie, il pouvait faire ce que bon lui semblait, et où s'asseyant sur un banc au soleil , il conversait avec quelques vétérans de leurs prouesses communes. Sir Walter disait souvent, dans ses momens d'humeur, que les femmes causaient plus de maux que n'en contint jamais la boîte de Pandore. Cela ne l'empêchait pourtant pas de s'occuper

de marier les demoiselles de son voisinage, qui, malgré leur répugnance
pour les *beaux vieillards*, flattaient
celui-ci, dans l'espoir qu'il leur ferait
offre de sa main et de sa fortune. Effectivement toutes les mères des environs pensèrent à lui pour en faire
un époux à leurs filles, sachant que le
désir de soutenir sa branche presque
éteinte l'engagerait volontiers à se
marier. En effet il se demandait
s'il ne ferait pas bien de renoncer
à ses opinions et à sa liberté, pour
courir le hasard de donner un héri-
ritier à une race ancienne et pleine
d'honneur. Quiconque réfléchira sur
l'humeur de sir Walter, toujours en
irritation, et à sa croyance que l'état
de garçon est au-dessus de tout, l'es-
timera d'autant plus pour le sacrifice
qu'il méditait, que c'était agir d'une
manière digne de l'ennemi le plus

I.*   4

courageux de l'hymen. Certes, sa
personne n'annonçait pas un candidat
très - éligible : ses traits, naturellement durs, étaient de plus bronzés
par les campagnes difficiles qu'il avait
soutenues sous les régions brûlantes
de la zone torride. Il avait perdu un
œil à la prise de la Havane, où une
balle s'était logée dans son épaule;
ce qui, avec d'autres infirmités, l'avait
contraint de quitter le service. Il tenait donc beaucoup trop du vétéran,
pour se donner ensuite quelques airs
de jeunesse : aussi le pauvre colonel
ne pouvait se voir dans une glace sans
songer à l'extinction entière du nom
de sa famille.

Il est à présumer que sa façon de
penser sur les femmes ne contribuait
pas à la prompte exécution de son
dessein de vivre désormais en leur
compagnie. Semblable à tous les

hommes qui ont été habitués à ne
voir que des créatures perdues, ou
tout au moins galantes, il ne savait pas
faire la distinction qu'il y a entre
toutes : il les voyait, en général,
comme des harpies qui remplissent
de trouble chaque espèce de bonheur dans la vie, plutôt que comme
les aimables associées de la félicité
domestique. Sir Walter frémissait à
l'idée d'être ce qu'il appelait *un sot,*
caressé par quelque motif particulier,
ou trompé adroitement par une perfide qui semblerait s'habituer à sa
mauvaise humeur, afin de mieux jouir
de sa fortune. Il craignait d'avoir une
femme qui n'aurait consenti à prendre le nom de lady Mandeville, que
dans l'espoir de se voir un douaire
digne de son ambition, et une bonne
part dans son testament. Il est pourtant arrivé plusieurs fois que ces

vieux garçons qui ont peine à parer
leurs cheveux gris des roses de l'hymen', sont devenus, d'après eux, de
très-heureux maris ; mais sir Walter
était loin de croire que cela fût possible et soutenait contre tout que
les misères qu'on éprouve en ce
monde viennent, la plupart, de la
femme. Aussi prononçait-il hardiment, lorsqu'il discutait sur ce sujet
avec d'autres vieux garçons comme
lui, qu'à l'exception des glorieuses ci-
catrices dont il s'honorait, il n'y avait
aucun défaut dans sa personne, ou
qu'il n'avait éprouvé de malheur dans
sa vie qu'il ne le dût à ce sexe haïs-
sable. Il attribuait son asthme à sa
grand'mère, qui mourut de cette
maladie. La famille de sa mère lui
avait légué la goutte, et une tante
vaporeuse lui avait inspiré son indolence, dont il ne s'était défait que

pour devenir un entêté incorrigible.
Il se plaignait aussi de sa belle-sœur,
qui avait fait de son mari un jocrisse,
en dissipant sa fortune, et qui avait
dégradé le noble château de Mandeville en voulant le faire arranger à
sa fantaisie et le rendre, selon qu'elle
le disait, habitable. Dernièrement
encore, son neveu venait de perdre
la vie par une fluxion de poitrine,
parce qu'il avait trop dansé avec une
petite coquette qui espérait en faire
son mari. Ces réflexions de sir Walter
étaient suivies de lamentations sur
ce qu'on ne pouvait vivre sans les
femmes, quoiqu'elles fussent bien
méchantes.

Tandis qu'il s'intriguait de la sorte
entre les mouvemens du mariage et
son prétendu devoir de contracter
un semblable engagement, il réfléchit soudain qu'il courait le risque

de sacrifier sa paix et sa liberté sans
assurer la perpétuité de sa famille.
Il pouvait n'avoir pas d'enfans ou
seulement des filles ; mais, dans ce
dernier cas, l'influence du baronet
au parlement eût fait passer le nom
et le titre de famille au fils d'une
de ses héritières *non encore né*. Sir
Walter n'avait pas le don des brillantes découvertes ; cependant, en
poursuivant le cours de ses pensées,
il trouva en quelque sorte improba-
ble qu'il pût vivre assez pour voir ses
petits-fils, et pensa peu après qu'il
pouvait aussi bien donner son titre à
la fille de son frère qu'à la sienne
propre ; et comme Emilie était en
âge d'être mariée, cela lui donnait
l'espoir de voir se prolonger à demi
la race des Mandeville de ce côté.
Toutes les fois qu'il revenait sur ce
chapitre, la chose lui semblait plus

sortable, et il lui prit envie de faire
connaissance avec celle qu'il regardait maintenant comme son héritière
présomptive, en l'invitant à le venir
voir. Ce n'était pas trop s'engager,
car il restait maître de la renvoyer,
si sa société lui devenait incommode,
avantage qu'il n'aurait pas en prenant une femme. De plus, le bon
oncle ne se liait pas à elle pour la
vie, ayant tout à présumer que l'héritière des Delamore et des Mandeville ne manquerait pas de trouver
un homme assez entreprenant pour
le soulager de la tâche pénible de
tenir une grande fortune et une
femme à l'abri des inconvéniens.

Mais sir Walter était condamné
par le Destin à se voir toujours en
difficultés avec les dames. La moindre civilité exigeait qu'en invitant sa
nièce à venir passer quelque temps

avec lui, il étendît son invitation
d'elle à sa tante, qui n'était point mariée, et avec qui demeurait la jeune
Emilie depuis la mort de ses père et
mère. Les sentimens que ces vieux
garçons entretiennent pour nous autres filles d'un certain âge, ressemblent assez à l'amitié des chiens et
des chats, et je conviendrai que nous
leur rendons bien la pareille, sans
cependant que la provocation soit de
notre côté. Sir Walter ne sentait plus
que l'animosité d'un belligérant pour
lady Sidonia. Tous ceux qui l'appro-
chaient lui parlaient mal d'elle, et il
était fermement convaincu que la conduite la plus légère avait marqué sa
jeunesse. De plus, étant sœur d'une
lady Honorine Mandeville, pour laquelle il avait une violente antipa-
thie, malgré qu'il ne l'eût vue qu'une
fois, il était de toute impossibilité

qu'il pût s'entendre avec elle. Ses raisons de haine pour l'aînée des sœurs
venaient de ce qu'elle avait *mené* son
mari, en ayant l'air de mépriser sa
famille, à laquelle elle donnait les
défauts d'avarice et de vues mesqui-
nes, et aussi parce qu'elle n'avait eu
qu'un fils. Comment notre homme
morose pourrait-il endurer, même
pour quelque temps, d'être circons-
crit dans son château par une vieille
fille, qui, selon toute apparence,
avait l'humeur grondeuse et fantasque ? Il aimait à se lever matin et dé-
testait les livres, excepté ceux qui
contenaient les mémoires du maré-
chal de Saxe et les campagnes du duc
de Malborough ; ses infirmités de-
mandaient que ses appartemens fussent toujours tenus très-chauds, et
son plaisir principal était de faire sa
partie de trictrac après son dîner.

Sans doute lady Sidonia ne voudrait dîner qu'à l'heure où il s'allait coucher, ou bien elle le prierait de lui donner le bras toute la soirée pour la promener, tandis qu'elle tiendrait un dictionnaire grec à la main ; et elle tomberait ensuite dans ses vapeurs en l'entendant remuer des dez et des cornets. Le colonel Mandeville voyait bien un moyen d'échapper au désagrément d'inviter lady Sidonia à venir chez lui : c'était de quitter son château pour aller prendre un logement à Bath, si petit, qu'il n'y aurait qu'une chambre à coucher et un cabinet étroit, suffisant seulement pour y coucher Emilie (s'il se trouvait toutefois que sa tante ne l'eût pas gâtée). Il s'excuserait ensuite auprès de cette dernière sur son manque de place et sa mauvaise santé, qui l'empêchaient de souhaiter

l'avantage de sa compagnie. Après
avoir bien réfléchi à cela, sir Walter
se décide à faire partir la lettre sui-
vante pour Lime-Grove :

« CHÈRE NIÈCE,

« Je vous adresse mes complimens
de condoléance sur la mort de notre
pauvre Georges, que je regrette
beaucoup. C'était un fort joli garçon qui eût relevé le nom de la famille, qui est bien tristement sou-
tenu aujourd'hui. S'il vivait, je ne
serais pas troublé à cause de vous ;
car, administrer ce vaste domaine est
une chose d'assez grande difficulté,
et plus que je n'en puis supporter.
Outre ce, je suis vieux et infirme, ce
qui ne laisse pas que de me chagri-
ner ; mais si vous pensez que de me
venir voir ne soit point une peine
pour vous, je serai fort aise de vous

avoir pendant quelques mois, quoique je ne vous aie jamais vue depuis votre baptème, où je fus votre parrain. J'avais consenti à vous tenir sur les fonts, parce que j'espérais que vous seriez un garçon; et quand vous fûtes née, il était trop tard pour que je retirasse ma parole.

« Présentez mes civilités à lady Sidonia Delamore, et remerciez-la de tous les soins qu'elle a pris de vous; j'espère qu'ils ont été à votre avantage, et qu'elle ne vous a pas conduite dans la mauvaise route, ni ne vous a rendu le caractère désagréable. J'aurais été bien aise de la recevoir avec vous; mais mon vieux château ayant besoin de réparations, je n'aurais aucun appartement décent pour la loger. Je n'ai qu'une seule chambre chaude et commode, dans laquelle je reste toujours, et la

société de ce voisinage est fort en-
nuyeuse. D'ailleurs, ce pays ayant
toujours déplu à votre mère, qui disait qu'il causerait sa mort, votre
tante pense sûrement de même.

« Si le pauvre Gorges vivait, il
l'aurait certainement rebâti ; mais il
durera bien autant que moi, qui suis
le dernier des Mandeville : ainsi nous
tomberons ensemble. Je pense que
vous trouverez bientôt un mari,
parce que votre fortune est trop considérable pour vous seule, quand
même je ne vous laisserais pas la
mienne ; ce qui sera le plus tard que
je pourrai. Cependant il faut prendre
son parti, et faire la meilleure dé-
fense possible quand la campagne
est contre nous. Sur ce, je demeure
votre affectionné oncle.

WALTER MANDEVILLE. »

Dans le peu de bonheur dont jou
sait lady Sidonia , la société de
jeune Emilie avait la première plac
elle l'avait réconciliée avec la vi
qui auparavant ne lui semblait qu'
désert affreux. La tâche de form
l'esprit de sa nièce et de modeler s
manières , contribuait beaucoup
dissiper une noire mélancolie d
personne ne pouvait guère devin
la cause, et qui dégénérait en
spleen complet. Mais quoique vieil
fille , et conséquemment peu he
reuse, lady Sidonia n'était pas ass
égoïste pour s'opposer à ce qui d
vait faire l'avantage de sa nièce
qu'elle engagea à accepter l'invita
tion de son tuteur. Elle vit mêm
avec plaisir que celui-ci se disposa
enfin à remplir ses devoirs; et quoi
qu'ayant appris jadis dans le mond
que le bonheur ne se trouvait pa

tonjours de société avec la fortune,
elle trouvait à propos cependant que
sir Walter pensât à introduire sa
nièce où devait paraître l'héritière
des Mandeville et des Delamore. Elle
vait prévu dès long-temps sa séparation d'avec son aimable pupille.
Lime-Grove, quoiqu'un lieu convenable pour soigner l'éducation et la
santé d'une jeune personne, était
peu fait pour une démoiselle à hautes
espérances; et lady Sidonia se disposait à vaincre sa répugnance à se
montrer de nouveau dans le monde,
orsque la mort soudaine de sir Georges Mandeville lui donna des vues
plus vastes pour sa nièce. Elle sentit
alors la difficulté d'agir et de la soustraire aux désavantages de ne s'y
voir introduite que sous ses seuls
auspices. Ce fut dans ces momens de
perplexité, où l'âge d'Emilie lui di-

sait qu'il n'y avait pas de temp
perdre, qu'arriva la lettre de sir W
ter. Il était de toute convenance
rendre la demoiselle au seul par
de son père, qui sur-tout ne la
mandait que pour un temps. Cep
dant lady Sidonia avait entendu p
ler si étrangement de cet onc
qu'elle craignait qu'il ne la pr
tout-à-fait de sa fille adoptive. M
comme il pouvait arriver un gr
bonheur à la jeune personne en q
tant Lime-Grove, celui, par exe
ple, de trouver dans le monde
époux digne d'elle, elle se décid
sacrifice. D'ailleurs, l'été approch
et les infirmités auxquelles le c
grin avait assujéti lady Sidonia,
faisaient beaucoup moins sentir d
cette saison. Elle ne pouvait se d
en bonne santé alors, mais ses inc
positions étaient beaucoup moins

quentes. Son jardin lui procurait beaucoup d'amusement, et quelques institu-
tions charitables qu'elle avait formées
dans le village, employaient douce-
ent son temps et ses pensées. Cette
excellente personne se persuadait
qu'elle pourrait vivre sans Emilie, du
moins chercha-t-elle, par devoir, à
considérer la chose ainsi. Après avoir
donc écrit quelques lettres pour la recommander à deux ou trois dames de
a connaissance particulière, qui de-
meuraient dans les environs du château de Mandeville, elle prépara le
départ de la belle Emilie, en la cou-
vrant de bénédictions et en cachant
avec peine les larmes qu'une semblable séparation excitait : séparation
dont le résultat était encore douteux.

Certainement on ne voit rien de
répréhensible dans cette conduite de
lady Sidonia, et peut-être avait elle

été aussi discrète toute sa vie ; ma
comme il arrive souvent que certa
esprits mal disposés sont toujo
prêts à prendre les choses d'un mau
vais côté, et que d'autres meilleu
sont, sans y penser, entraînés pa
l'exemple. je prierai mes lecteurs d
suspendre leur jugement sur les idée
qu'ils ont peut-être déjà conçues su
l'isolement mystérieux de cette dame
Je sais que sa tristesse habituelle j
tait des ombres désavantageuses su
son caractère; mais parce qu'on
voyait malheureuse, s'ensuivait-il d
là qu'elle eût mérité son sort? J
laisse la question à décider à ces écri
vains qui, en s'appitoyant sur l'in
nocence en proie aux douleurs, sem
blent considérer l'adversité comme
une bonne chose, en ce qu'elle ser
corriger de bien des erreurs, et à fair
briller la vertu avec plus d'éclat

'est ainsi qu'on raisonne froidement
ur l'état affligeant d'autrui, et que,
ans les offrandes qu'on adresse à la
rospérité, on immole bien souvent
réputation des infortunés, par le
lâme qu'on jette sur eux. Non seu‑
ement on ose s'écrier avec Young :

aminez de près ces gens dans la détresse,
t vous verrez que tous ont manqué de sagesse.

ais on applique encore sévèrement
tte doctrine d'une providence par‑
iculière qui veille sur nous, en di‑
ânt : c'est elle qui a permis cela
our les punir de leurs fautes. Ainsi,
tres voués au malheur, vous voilà
condamnés !

Quand l'afféterie et la fausseté n'ont
pas gâté la jeunesse, ses sensations
ont toujours franches et vives. Emilie
ensait qu'en quittant Lime‑Grove,
elle et le bonheur se disaient adieu

jusqu'à ce qu'ils se retrouvassent ave
sa chère tante dans un petit pavillo
de cèdre qu'elle aimait beaucou
Miss Mandeville oublia en ce m
ment que ses jours s'étaient passe
dans la plus exacte uniformité
qu'elle avait désiré connaître quel
que chose de mieux dans la vie q
les nouveautés des foires voisines, o
la société du recteur et du médec
du lieu, ainsi que trois ou quat
campagnards paisibles, dont le se
talent était d'enchérir sur les de
criptions que sa tante lui faisait
passé. De même que les jeunes pe
sonnes de son âge, elle souhaita q
puisqu'il lui fallait quitter sa chè
institutrice, son unique amie,
chevaux prissent la route de Londr
plutôt que celle d'un vieux châtea
Son chagrin de se séparer de lad
Sidonia fit place ensuite aux inqui

tudes qui lui vinrent sur la manière
de vivre avec des étrangers et de savoir comment elle se comporterait
dans ce train d'opulence auquel elle
n'était point accoutumée. Elle avait
entendu son frère parler des singu-
larités de leur oncle, et les avis que
lady Sidonia venait de lui donner en la
quittant, d'être docile et attentive à ses
moindres volontés, lui semblaient
autant dictés par la crainte que par
la prudence, la faisaient trembler et
lui montraient une tâche fort difficile
à remplir. Jusqu'alors Emilie avait su
plaire à tout le monde, et cela sans
effort ; maintenant elle craignait que
tous ses soins pour paraître aimable
aux yeux du cher oncle, ne produi-
sissent pas l'effet désiré. Elle souhaita que l'été fût déjà passé ; et
comme sa tante lui avait donné à
entendre que sa présentation dans le

monde n'aurait probablement l
que l'hiver suivant, ses désirs de v
la brillante capitale en devinrent p
vifs : elle arriva, d'après ce, avec
plus grande indifférence, au châte
de Mandeville, dont les hautes to
ne tardèrent pas à frapper sa vue,

CHAPITRE II.

L'héroïne, délivrée de l'ennui d'une triste solitude, se voit renfermée dans un vaste château, où, après avoir enchanté son gardien, elle se prépare des fers imaginaires.

QUAND la voiture qui portait Emilie eut traversé l'avenue du château, elle vit s'avancer un vieillard enveloppé dans une grande roquelaure écarlate, et portant un chapeau à la Kevenhuller. C'était le baronet, qui venait jusqu'à la grille pour recevoir sa nièce, tremblante à son aspect. Il s'informa d'abord poliment de la santé de lady Sidonia, et content qu'elle l'eût empêchée d'entreprendre le voyage, il prit la main d'Emi-

lie, et la complimenta sur la rais
qu'elle avait eue de venir seule; p
il la mena, à travers un double ra
de laquais, dans un grand salon ass
mal meublé, où il la présenta à u
dame vêtue en grand deuil, qu'il
annonça sous le nom de lady Macki
tosh de Duneswood, en disant qu
souhaitait de la voir prendre po
modèle de sa conduite et de ses m
nières une dame aussi méritan
Quoique la jeune personne ne se so
vînt pas d'avoir entendu nomm
cette dame à sa tante, comme u
de celles dont elle lui avait reco
mandé la liaison, la vue d'une co
pagne lui fit plaisir, et elle répond
volontiers à ses embrassemens. Ma
quand cette lady Mackintosh voul
la convaincre, par une volubilité d'e
pressions, de l'*extase* qu'elle éprou
vait à cette première entrevue, el

se trouva en défaut, et ne put que répondre, « Madame, vous êtes trop bonne, » lorsque lady dit qu'assurément il devait se former entr'elles une amitié tout à-fait inaltérable.

Quand on vint annoncer que le dîner était servi, sir Walter prit la main de sa nièce avec beaucoup de politesse, pour la conduire à table. Il la supplia de se regarder comme chez elle tout le temps qu'elle l'honorerait de son séjour. Quelque chose de sombre altéra les traits de lady Mackintosh, à ce compliment; mais, de retour au salon, elle redoubla d'efforts pour se concilier l'estime d'Emilie. Elle lui fit d'abord une légère question sur lady Sidonia; et voyant que la jeune demoiselle y répondait dans les termes du plus vif attachement, elle joignit ses louanges aux siennes, et lui dit: « Je n'étais

qu'une enfant quand je la vis au château de Mandeville : elle passait pour
une beauté, et on parlait assez de ses
grâces. Quant à moi, j'avoue que, dans
mes petites connaissances sur l'amabilité, je la jugeais la plus enchante-
resse des femmes, et j'aimais beaucoup à la voir. A l'époque où elle
devait se marier, je vis toutes ses pa-
rures de noces. Mon Dieu ! que cela
était beau ! quelle magnificence ! quel
goût ! Ah ! combien j'ai souhaité de
fois, dans ce temps-là, d'être lady
Sidonia Delamore ! Pauvre malheureuse ! comme tous ses apprêts de
bonheur se sont évanouis ! Vous avez
sans doute entendu raconter son
aventure, ma belle demoiselle ? »

Emilie protesta qu'elle ignorait absolument l'histoire de sa tante. « C'est
bien étonnant ! reprit lady Mackintosh ; mais je vois qu'elle est la fem-

me la plus singulière que j'aie jamais
connue, d'une discrétion!.... A propos, chère petite, savez-vous bien
que vous lui ressemblez beaucoup
par votre air et vos manières? A votre
âge être si prudente! cela est vraiment étonnant. J'espère que vous
répondrez à l'amitié de votre cher
oncle en demeurant tout-à-fait au
château de Mandeville. Je serai en-
chantée de jouir de la société d'une
aussi belle personne, dont les traits
ne sont sans doute que l'image d'une
ame plus belle encore. »

On pouvait voir, par ce discours,
que la dame cherchait à détruire les
soupçons d'Emilie sur la liaison intime qui existait entr'elle et sir Walter. Une effusion de sensibilité vint
à son aide quand elle parla de l'amitié excessive qui subsistait entre sir
Walter et l'époux dont la perte cau-

sait ses larmes. « Mon cher Jérémie,
dit-elle en accens plaintifs, me légua
le soin de son second lui-même ; et
depuis le funeste événement qui m'a
plongée dans des regrets éternels,
sir Walter Mandeville est le seul
homme dont je puisse supporter
la société. Mon cœur est uni aux
cendres du défunt ; et si vos belles
qualités m'attirent plus souvent ici
que je n'ai coutume d'y venir, ne
croyez point qu'aucun motif contraire
à la bienséance s'élève jamais dans
mon triste sein. Mais afin que rien ne
s'oppose à l'amitié que je désire voir
s'accroître entre nous, permettez que
je me fasse tout-à-fait connaître en
vous racontant mon histoire. »

Comme cette histoire de lady Mackintosh n'avait rien d'extraordinaire
que le style dont elle l'orna, j'en
fais grâce au lecteur, et lui dirai

simplement que notre lady avait bien quelque beauté, mais fort peu de fortune. Plusieurs hommes lui firent la cour dans son jeune âge, et il ne s'en trouva guère qui lui parlassent de mariage. Quand les roses de son teint commencèrent à disparaître, elle fut heureuse d'accepter un petit domaine, en devenant la cinquième femme de sir Jérémie Mackintosh, et belle-mère de quatre petits enfans. Ses crêpes, inondés de larmes, étaient un témoignage irrécusable du bonheur de cette union ; et elle protesta que ses visites au château de Mandeville n'avaient d'autre motif que de parler du cher homme à celui qui avait connu toutes ses vertus, et d'implorer les conseils et la protection de sir Walter pour une pauvre femme qui avait perdu son unique appui.

L'ignorance qu'Emilie avait du
monde, et son innocence, ne l'empêchèrent pas de s'apercevoir par la
suite que les attentions de lady Mackintosh pour son oncle, excédaient
de beaucoup celles d'une simple amitié, et que la reconnaissance du colonel le portait à se surpasser dans
une galanterie qui lui était peu na-
turelle. Enfin sir Walter en était venu
à distinguer la belle veuve de la règle
générale qui le faisait accuser les femmes de duplicité et de sottise, d'a-
près une expérience de longues années, et la connaissance qu'il en avait
faite dans tous les pays où il avait
vécu. Quand il réfléchissait sur la
dure nécessité de se marier, il regrettait quelquefois que lady Mackintosh fût tellement inconsolable de
la perte qu'elle avait faite, que cela
lui ôtât l'espoir de l'engager à la ré-

parer, en devenant son épouse pour
lui donner un fils. Sir Walter eut
vraiment cru faire une injure à la
dame en lui proposant d'oublier sa
vertueuse fidélité , et il admirait à
l'extrême cette affliction profonde qui
pourrait l'absorber entièrement. Ces
regrets violens l'étonnaient d'autant plus , qu'il avait été appelé souvent pour apaiser certaines querelles de ménage, accompagnées de sarcasmes polis qui apportaient beaucoup trop de froid entre les époux.
Dans ces petits inconvéniens attachés à l'état du mariage, il se trouvait une chose, aux yeux du bon
Walter, qu'il ne rencontrait point
ailleurs : c'est qu'ici la dame avait
toujours raison; et elle le lui prouvait par sa soumission à un mari
bourru et fantasque. C'est alors qu'il
regardait comme très - mauvais que

la seule femme capable de gouver-
ner une maison, fût gourmandée sans
cesse par un original beaucoup au-
dessous de ses talens. Je ne pré-
tends pas accuser le Dieu d'amour
de cette décision partiale dans sir
Walter ; mais je sais qu'il s'endort
quelquefois, et qu'alors le caprice lui
dérobe ses armes pour s'exercer à
l'aventure sur de vieux entêtés, qui
enfin en reçoivent un coup de flèche. Si le lecteur ne veut pas croire
que c'était le besoin de parler de sir
Jérémie, et la *tendre* amitié qu'inspirait miss Mandeville à la douce
veuve, qui rendaient ses visites au
château extrêmement fréquentes, il
n'a qu'à les mettre sur le compte de
son peu de fortune et de sa grande
ambition. Comme plusieurs autres
dames, elle se croyait faite pour briller dans une sphère élevée, et savait

qu'elle était capable de dépenser huit mille guinées par an. Qui pouvait donc condamner le désir qu'elle avait de s'en procurer les moyens ? Les femmes à projets, comme les généraux habiles, savent porter leurs opé: rations au-delà de la surveillance du parti qu'elles veulent attaquer. Lady Mackintosh s'était opposée à l'arrivée de la jeune demoiselle, avec une fermeté qui avait presque détruit l'opinion que sir Mandeville s'était faite de la souplesse de son caractère ; mais la belle nièce ne fut pas plutôt arrivée, qu'avec une versatilité des plus gracieuses elle convint qu'il était très à propos qu'elle demeurât avec son oncle; et elle se montra ravie de l'acquisition d'une compagne aussi charmante. Elle en fit même son compliment avec chaleur à sir Walter, que cet accord rendit plus

content. Il ne faut pas tout-à-fait at-
tribuer ce changement à un sentiment plus favorable de la dame, mais
plutôt à ce que sa pénétration lui avait
fait découvrir, que sa nouvelle amie
ne paraissait nullement soupçon-
neuse. Effectivement, Emilie était
aussi peu disposée à trouver mauvais le pouvoir que la veuve avait
dans la maison, qu'à s'en garantir.
Il est vrai que son indifférence pour
les richesses et sa parfaite ignorance de leur valeur, lui sauvaient le
dégoût de ces motifs mercenaires qui
font agir les gens qui ne savent point
borner leurs jouissances, et qui, au
contraire, cherchent tous les moyens
de les étendre. Elle était seule héritière de la fortune de son grand-père,
lord Montolieu, à l'exception d'une
petite rente laissée à lady Sidonia.
De plus, l'insouciance où elle avait

pour elle-même, et qui semblait partir d'un bon cœur et d'un jugement
solide, la portait souvent à une vraie
libéralité, sans s'informer jamais du
revenu considérable dont elle devait
jouir. Elle souhaitait seulement d'être
en âge de pouvoir ajouter une forte
somme à la portion trop modique de
sa plus chère amie. C'est ce qui lui
faisait regarder la possibilité d'être
encore l'héritière de sir Walter, comme une des perspectives agréables de
son avenir. Autrement, quoiqu'elle
trouvât assez laides les vastes cham-
bres du château, ses hautes croisées
à petits vitraux, et ses balcons de
pierre, elle ne forma aucun plan
pour les changer par la suite. Du
reste, eût-elle appris que toutes les
veuves et filles du royaume s'assem-
blaient pour attaquer le château formidable et le cœur du maître, telle

était sa tranquillité, que ce projet lui eût paru le comble de la folie, et que, sans en concevoir la moindre inquiétude, elle ne se fût occupée que du repos et du bonheur de son tuteur.

Mais, outre que miss Mandeville craignait peu les artifices d'autrui, comme en étant elle-même incapable, la franchise engageante de ses manières et sa douce humeur lui gagnèrent assez vîte les bonnes grâces de sir Walter, malgré son spléen et ses préjugés, pour qu'il fût sourd à toutes les oppositions que lady Mackintosh aurait pu y apporter. Emilie appréciait sincèrement les bonnes qualités de son oncle, et plaignait avec une égale sincérité le sombre que ses infirmités répandaient sur son humeur. Ainsi une tendre discrétion guidait ses expres-

sions et ses regards : les premières
étaient toujours affectionnées et les
autres attentives. A la vérité, elle
ne faisait point usage de ces louanges
hyperboliques dont lady Mackintosh l'encensait si gratuitement, et
accompagnait ses soins empressés ;
mais si elle ne se rendait point im-
portune, elle n'était pas non plus
négligente. Une amitié calme, uniforme et patiente a un pouvoir si
grand sur l'ame de ceux qui n'ont
encore éprouvé que des complaisances mercenaires ou reçu de viles
flatteries, que sir Walter renonça
bientôt au dessein de se marier, et
déclara son aimable nièce unique héritière de toute sa fortune. Il
la vit en peu de temps habituée à
son humeur, et pleine de ces attentions si nécessaires à son état d'infir-
mité. C'est alors qu'au lieu de trou-

ver la garde d'une jeune personne
ornée d'attraits à charge à un vieux
soldat totalement ignorant sur les ru-
ses des femmes, son souhait le plus
ardent fut de mourir dans ses bras.
Pour ce faire, il décida que la résidence au château de Mandeville serait la première condition qu'il im-
poserait à l'homme à qui il confierait
un si grand trésor. Le cher colonel!
il ne s'était pas attendu à trouver sa
nièce ce qu'elle était. Cela ne l'empêchait pourtant pas de dire qu'il
fallait que la malignité de la femme
fût domptée par la toute-puissance
du mari; mais il ajoutait un correctif
à ce jugement, en disant que si des
exemples aussi rares de vertu et de
sagesse, tels qu'en donnaient lady
Makinhtosh et sa nièce, devenaient
plus communs, il faudrait laisser un
peu plus de prérogatives au sexe;

qu'Emilie principalement méritait
de trouver un époux qui lui permît
d'agir selon sa volonté.

Ainsi, sans aucun effort violent de
l'art ou de la nature, miss Mandeville, par sa douceur attrayante et
la simplicité de ses manières, parvint
à rendre son oncle d'une humeur
plus digne de son cœur. Elle fit d'un
fâcheux misanthrope un homme porté
davantage à la bienveillance ; elle lui
ôta cette triste opinion qu'il avait de
lui-même et qui le rendait malheureux, pour lui faire croire qu'il n'était
pas un être absolument inutile dans
la création. Il cessa aussi de se regarder comme la risée des hommes sen-
sés et la dupe des fripons ; il devint
reconnaissant envers le ciel, content
de lui et de tout le monde. — Je ne
fais que mon devoir, en prenant
soin de l'orpheline de mon frère ; se

dit-il un jour, et j'en reçois mille bénédictions pour récompense. Ma
fortune lui était acquise de droit, et
elle me remercie de l'assurance que
je lui en fais, comme si elle me devait
tout. Non, non, Emilie n'est point
fausse. Dans mon dernier accès
d'asthme, quand on me croyait mort
et que je n'étais seulement que tombé
en faiblesse, j'entendais tout ce qui
se passait. Lady Mackintosh demandait si j'avais fait un testament, en
paraissant persuadée que je lui avais
légué un bien considérable ; mais je
n'oublierai jamais qu'Emilie sanglot-
tait sur mon lit et disait : — O mon
Dieu ! ne verrai-je plus mon cher
oncle ? serait-il perdu pour moi ?

Le temps qu'Emilie avait été in-
vitée à demeurer au château de Mandeville, était passé, et lady Sidonia
commençait à avertir sa nièce qu'elle

ne devait pas abuser plus long-temps
de l'hospitalité de sir Walter ; mais
la répugnance que celui-ci éprouvait
à se séparer d'elle , s'accrut au point
qu'il fit partir secrètement un de ses
gens pour dire qu'il ne pouvait se décider à renvoyer sa belle pupille.
Quand il avait sa goutte , personne
ne plaçait son tabouret plus douce-
ment qu'elle, et ne préparait mieux
son orangeade pour la nuit. Ses doux
chants chassaient sa mauvaise humeur et lui faisaient oublier ce qu'il
souffrait. Il s'était aperçu que, depuis
qu'elle présidait sa table, la conversation était devenue plus aimable , et
que les convives vidaient moins de
bouteilles. Ceux-ci paraissaient aussi
plus heureux , quoiqu'ayant mis la
politique un peu de côté; enfin sir
Walter, qui n'avait guère de droits
chez lui avant l'arrivée d'Emilie,

s'en montra tout à fait le maître, quoiqu'elle eût amené imperceptiblement mille petits changemens dans sa maison et qu'il trouvât tout pour le mieux. Le bonheur du digne colonel était donc en entier dans son intérieur. Il vivait si tranquille avec sa nièce dans un échange mutuel d'indulgence et de complaisances, qu'il commença à penser que la nature l'avait fait pour devenir, tout comme un autre, bon mari et bon père. Il reconnaissait que la morosité de son humeur n'était qu'un défaut souvent inhérent à un bon cœur tourmenté de ne pas trouver son égal en franchise et en sincérité. Mais tandis qu'il se complaisait dans ces nouvelles pensées que, sans avoir rien fait de ridicule pour son âge, en compromettant son repos ou sa réputation, il s'était assuré une société et l'affection

d'une jeune personne charmante ; il
ne songeait pas au chagrin que devait endurer lady Sidonia, qui avait
élevé la rose qu'il pressait maintenant sur son sein, et qui se voyait
contrainte à s'en séparer à l'instant
où elle avait plus de prix. L'aversion
qu'il sentait par cette dame durait
encore, et il ne regardait les vertus et
les grâces d'Emilie que comme inhérentes au sang des Mandeville, que
le mauvais exemple n'avait pu détruire. Il accordait seulement à cette
parente infortunée l'honneur négatif
d'avoir plié le caractère de la jeune
personne aux circonstances dans lesquelles il était possible qu'elle se
trouvât dans la vie. La reconnaissance qu'Emilie sentit devoir à la
générosité de son oncle, la porta à
écrire à lady Sidonia, non sans peine,
qu'elle ne pouvait refuser de rester

un peu plus long-temps avec lui,
qu'elle s'y trouvait réellement bien, et
serait très-heureuse, si elle apprenait
que sa bien-aimée tante eût pu remplir le vide qu'elle allait éprouver
pendant les longues soirées qui appro-
chaient ; que si elle consentait à passer un hiver sans elle, alors, au printemps, on chercherait une petite ha-
bitation près de Mandeville, où elle
espérait que sa chère tante voudrait
bien demeurer ; qu'il serait très-avan-
tageux pour elle de quitter la sombre et humide retraite de Lime-
Grove, pour l'air plus doux et l'a-
gréable société du Devonshire. Emilie
faisait en même temps la gageure
que, quels que fussent les contes étranges qu'on avait débités pendant un
temps, sir Walter ne l'aurait pas plutôt connue réellement, qu'ils devien-
draient les meilleurs amis du monde.

Empressée de disculper mes consœurs de l'accusation d'égoïsme qu'on
leur attribue d'ordinaire, j'observerai que lady Sidonia, dans sa réponse à Emilie, parle beaucoup des
consolations qu'elle éprouvait à la
savoir si bien, et de l'amélioration
de sa santé. Elle la félicita d'avoir su
inspirer une si grande tendresse à
son oncle, qu'elle devait regarder
comme un second père. Sans rejeter
absolument l'idée de son déplacement, elle en parlait comme d'une
chose impossible, et ajoutait que, loin
de ressentir rien de contraire à sir
Walter, elle avait pour lui une haute
considération.

La chose étant ainsi arrangée, on
commença à s'occuper des amusemens d'hiver au château de Mandeville ; et comme les mauvais chemins
et le départ de plusieurs personnes

des environs pour Londres rendai
les visites plus rares, le trictrac,
échecs et la lecture remplirent u
bonne partie du temps. La derni
(excepté quand sir Walter était
sent) ne roulait absolument que
des récits militaires ; et comme
détails rappelaient toujours au
ronet quelques circonstances où
s'était trouvé, cela l'engageait à
conter mille choses sur les batail
perdues ou gagnées ; ce qui ôtai
Emilie l'espoir de voir finir l'é
in-folio qui contenait les exploits
grand duc de Malborough. La p
vre enfant alors se désolait de
manque de patience pour aller j
qu'au bout. Elle essaya d'apprend
le trictrac, afin de varier ; mais la
Makintosh y étant infiniment p
forte et pouvant, en jouant, parler
ravelin, de bastion et de contr

carpe, avait la préférence pour faire
la partie de sir Walter; et, au fait,
elle possédait le talent d'attirer l'ennemi dans une embuscade, de commander une armée, d'emporter un
fort et de couvrir une retraite avec
une précision qui augmentait l'idée
que le colonel avait de son vaste mérite. A dire le vrai, lady Mackintosh
était portée d'ardeur à exercer son
talent de généralissime sur la pauvre
Emilie, qui, désirant ne pas paraître ignorante sur ce que son oncle
appelait une connaissance essentielle,
essayait quelquefois de citer le maré-
chal de Saxe, ou les guerres de César et de Xénophon; mais elle était
si peu sûre d'elle et entreprenait des
choses si au-dessus de ses forces,
qu'elle tombait dans le premier piége
que son antagoniste lui dressait, et
perdait la bataille à l'instant où elle

racontait comment elle avait été ga-
gnée. Le bon naturel de sir Walter
le portait à modérer le rire de la
veuve avec un *st, st :* eh bien!
l'enfant s'est trompée, il n'y a pas
grand mal à cela. Cependant l'inap-
titude de l'enfant à comprendre une
science qu'il voulait bien se donner
la peine de lui enseigner, lui aurait
bientôt laissé une mince idée de son
intelligence sans une circonstance
qui importe à ma narration.

J'ai observé plus haut que ses étu-
des militaires étaient accompagnées
d'anecdotes tirées de la mémoire du
colonel : tout en parlant d'une bataille où il s'était trouvé, le souvenir
d'un profond attachement lui revint
à l'esprit et donna plus d'énergie à
son discours. Il fixa bientôt l'attention de sa nièce, qui était toujours
attachée sur les guerres de Chur-

chill, et qui les laissa pour l'écouter raconter les combats dont il avait été témoin sur les bords de l'Elbe et du Scheldt. Il ne lui était pas encore arrivé, dans ces dispositions guerrières, de faire le portrait de Sydney, comte d'Avondel, dont le jeune bras l'avait sauvé, à la bataille de Minden, de l'épée d'un officier bavarois. Il était tombé blessé de son cheval et attendait le dernier coup, quand le brave Avondel, qui servait en qualité de volontaire dans sa compagnie, courut à l'ennemi et sauva la vie de son officier, au risque de perdre la sienne.

Ce n'était sûrement pas la seule action par laquelle le jeune comte lui avait prouvé sa magnanimité et sa prouesse : du moins, la reconnaissance de sir Walter le transformait-elle en un héros semblable à ceux dont parle Homère, qui combat;

taient toujours en personne d
chaque action importante. Si une
doute avait été emportée avec
circonstances particulières de c
rage , c'était le lord Avondel
commandait le détachement. Les
tentions de l'ennemi devenaient-el
assez visibles pour que le général
poster son avant-garde de manièr
contrecarer ses desseins , c'était l
Arondel qui se chargeait d'aller
connaître le parti. Il enlevait de mê
les étendards et poursuivait les fuya
l'épée dans les reins. Les prisonni
les plus distingués qu'on faisait
se soumettaient qu'à lui, et ses éga
pour les vaincus égalaient son c
rage pour remporter la victoi
Quand il arrivait même que la f
tune devenait contraire aux arm
de la Grande - Bretagne, le n
d'Avondel continuait de briller

même éclat ; car sir Walter le dépeignait comme diminuant les dangers d'une retraite, se retirant avec
tout ce qui était nécessaire pour ra-
nimer les malades et les blessés, pour
consoler la veuve indigente et protéger l'orphelin. Le baronet ajoutait à ces éloges la réunion de
tout mérite et des vertus civiques
dans le jeune comte. « Je n'ai toujours été qu'un sot, disait-il, qui ne
voulais rien apprendre ; et ma tante
Dorothée ne souffrait pas qu'on me
corrigeât quand j'étais un paresseux
et que je perdais mes livres : mettez-
moi hors d'un camp, et je ne suis
plus bon à rien ; mais Avondel en
sait assez pour devenir archevêque
de Cantorbery, il a aussi beaucoup
trop de franchise pour devenir un
courtisan : malgré cela , cherchez
parmi tous ces messieurs et vous n'en

trouverez pas un qui l'égale en grandeur et en politesse. Il a brillé dans
la Chambre des Pairs, et quand on
l'envoya en ambassade dans des cours
étrangères, il s'en tira toujours parfaitement. Ce n'est pas le besoin de
faire fortune qui le porta à servir,
car il est le fils unique d'une grande
maison, et cela me fait espérer que,
d'après tout ce qu'il a souffert depuis
vingt ans, s'il vit encore, il revien-
dra en Angleterre, et se mariera à
quelque femme de haut rang et de
mérite, qui lui donnera des héros
comme lui. » Miss Mandeville avait
envie de demander à son oncle ce
que lord Avondel avait souffert, mais
elle se retint; et après avoir expri-
mé sa surprise de ce qu'elle ignorait
la conduite qu'on avait tenue envers
le lord, son oncle ajouta qu'il n'en
pouvait parler, tant c'était infâme.

Un incident assez singulier et fait
pour occuper l'imagination de miss
Mandeville, avait eu lieu la veille de
son départ de Lime-Grove. Sa tante
désirant lui donner quelque chose
qui lui rappelât son souvenir, ouvrit
une cassette de bijoux magnifiques,
et lui présenta son portrait, qui se
trouvait à côté de celui d'un homme
dont les traits remplis de noblesse et
d'expression la frappèrent. Les deux
miniatures étaient également bien
moulées, mais celle de l'homme
principalement avait pour entourage
des brillans d'une grande valeur, ce
qui faisait soupçonner que c'était le
don de quelque attachement particulier. Emilie regarda sa tante et s'a-
perçut que le léger coloris de ses
joues s'effaçait pour faire place à
une pâleur excessive, et que ses lèvres tremblaient d'émotion. La seule

réponse qu'elle fit à la jeune personne
qui lui demanda le nom de l'original
de ce beau portrait, fut : « C'était le
premier comme le meilleur des
hommes. » Serait-il mort ? demanda
encore Emilie. « Peut-être que oui. »
Lady Sidonia détourna les yeux et
remit d'une main tremblante le portrait à sa place ; puis ajoutant qu'il
avait été long-temps absent d'Angleterre, elle ferma la boîte et sortit
de la chambre. Peu après, Emilie
allant retrouver sa tante, s'aperçut
à ses yeux qu'elle venait de pleurer,
et évita de parler davantage sur ce
sujet pénible.

Une chose singulière pour Emilie,
c'est que sir Walter Mandeville, dans
ses éloges ardens de lord Avondel,
se servait des mêmes expressions qui
étaient échappées à lady Sidonia en
montrant la peinture mystérieuse ; et

elle se persuada , d'après cette vivacité d'imagination qui porte la jeunesse à regarder comme vrai ce qui
n'est que vraisemblable , et à s'atta-
cher à la pensée de ce qu'elle croit
seule digne d'intéresser , que ce premier et meilleur des êtres , lord
Avondel, avait également l'affection
de ses deux proches parens , et causait, sans doute , la profonde mélancolie qui assiégeait par fois sa chère
tante. Ses succès éclatans dans les
Grandes-Indes avaient souvent rempli les gazettes et ranimé l'esprit de
la nation, attristée par les circonstances qui accompagnaient la guerre d'Amérique. Une autre idée cependant venait détruire celle-ci : le
portrait n'était point revêtu d'un
uniforme , et sûrement un guerrier
de cette classe eût pris pour se faire
peindre le costume qui l'honorait et

qui l'avait rendu utile à son pays. Si
l'oncle Walter avait voulu raconter
ce qu'il savait de son ami, l'indécision
d'Emilie se serait bientôt évanouie.

Toute l'adresse de miss Mandeville ne put cependant lui faire découvrir autre chose au sujet du comte
d'Avondel, sinon qu'il avait pris le
parti d'embrasser l'état militaire,
d'après la trahison infâme qu'une
femme lui avait fait éprouver, quoiqu'il y fût extrêmement attaché. Son
début dans les armes avait été brillant, et il était parvenu promptement
aux grades les plus élevés. Après la
paix d'Aix-la-Chapelle, le roi l'envoya en mission particulière dans
une cour d'Europe, où il conclut un
traité entièrement à l'avantage de sa
nation. Il demeura long-temps à Florence en qualité d'ambassadeur à la
cour du Grand-Duc, et alla ensuite

dans un des principaux établissemens
de l'Inde, en qualité de gouverneur,
où ses talens et son courage comme
militaire, sa justice et sa sagesse
comme administrateur, sa bienveillance et ses manières conciliantes lui
valurent l'estime de l'ennemi. Il réu-
nit les partis et éleva la gloire de sa
nation à un tel point, que ses parti-
sans furent rassurés et qu'il réduisit
au silence les murmures de la faction
toujours prête à abaisser les actions
héroïques, tandis qu'elle flatte ceux
qui scandalisent l'Angleterre par
leurs intrigues et leurs trahisons.
Tout cela s'accordait bien avec le
dire de Sidonia, qu'il avait été long-
temps absent. Mais quelle pouvait-
être la femme qui en avait si mal agi
avec le héros ? Certainement ce n'é-
tait point Sidonia, dont l'ame et le
cœur n'annonçaient que grandeur et

bonté. Il semblait impossible qu'elle
eût jamais fait de mal à personne, ni
causé de honte à qui que ce fût. Sans
doute quelque chose de bizarre et
qu'Emilie ne pouvait deviner, se
trouvait attaché à l'histoire particulière du comte d'Avondel et de lady
Sidonia.

Il paraissait néanmoins (car n'en
sachant pas davantage, elle raison-
nait d'après les probabilités) que sa
tante avait été l'amie de ce lord, et
qu'en cette qualité elle chérissait sa
mémoire et gémissait de ses peines,
mais ce n'était sûrement pas là la raison qui lui avait fait quitter le monde :
ainsi quelque chose de plus particulier tenait à ses propres aventures.
Mais comment lady Sidonia, dans
ses tête-à-tête du soir avec sa nièce,
ne lui avait-elle jamais raconté les événemens de sa vie, sur-tout d'après la

publicité qu'ils paraissaient avoir
eue ? L'étonnement que lui montra
son oncle de son ignorance à cet
égard venait à l'appui du sien. Sans
doute la chère tante Sidonia avait de
fortes raisons pour garder le silence,
mais Emilie eût bien aimé connaître
comment et en quoi *le premier des
hommes* s'était trouvé victime de la
méchanceté d'une femme.

———

CHAPITRE III.

La montagne en travail.

Quand miss Mandeville se fut aperçue que, soit par défaut de mémoire ou toute autre chose qu'on ne saurait nommer (car il est certains mots durs qu'il ne faut pas prononcer lorsqu'on parle d'une dame) , les récits de mistriss Mackintosh n'étaient pas strictement vrais, ni semblables à ce qu'elle avait dit peu de temps auparavant des mêmes personnes dont elle racontait les aventures, sous des couleurs toutefois différentes, elle ne put s'empêcher d'en douter. La dame était une de ces *faiseuses de nouvelles* en si grand uombre dans la société, qui ne re-

gardent pas la conversation comme
le délassement de l'esprit et l'épan-
chement de l'ame, mais comme un
ancien jeu où l'on gageait à qui ti-
rerait sa flèche ou lancerait son petit
palet plus loin. Ces gens-là imitent
les Titans, et regardent la vérité
pour Jupiter ; ils entassent le Pélion
sur Ossa, et Ossa sur l'Olympe, jusqu'à ce qu'ils puissent s'élever au
point de défier la toute-puissance.
S'il arrive que, pour éviter de jouer
un rôle insignifiant en compagnie,
vous vous hasardiez à plaisanter une
de ces *hâbleuses*, son effronterie a
bientôt dérouté votre franchise, et
c'est ce qui rendait lady Mackintosh si habile à broder ou varier
ses récits. On peut croire, d'après
cela, qu'il fallait tout au moins beaucoup de patience pour l'écouter,
d'autant que rien au monde n'eût

enchaîné la volubilité de sa langue!

Ce n'était donc pas là ce qu'il fallait à Emilie, qui fut bientôt dégoûtée de l'envie de s'instruire auprès de la veuve sur une histoire dont elle désirait connaître les détails véritables. Elle écouta son oncle, qui passa bien une semaine entière à chanter les louanges de son ami, mais sans satisfaire la curiosité de la jeune demoiselle; elle s'apercevait assez qu'il y avait quelque chose qu'on voulait lui cacher au sujet de lord Avondel, et ce quelque chose lui semblait impénétrable : néanmoins l'intérêt qu'elle parut prendre à sa gloire flatta son tuteur. On en était là quand sir Walter apprit, qu'en conséquence d'un changement dans l'administration de la guerre, les lettres de rappel avaient été envoyées dans l'Inde : cette nouvelle l'enflamma de l'espoir que le retour de son ami en serait la suite. — Certainement, s'il revient en Angleterre, je le verrai aussitôt, dit le vétéran; s'il vit, il viendra me voir et tout alors sera dans la joie dans mon vieux château. Il sera rôti un bœuf en entier, et on enfoncera une pipe de mon meilleur cidre pour boire à la santé du grand Sydney. Je veux régaler tout le pays ce jour-là; nous irons au-devant de lui en cavalcade, et cela sera si beau que mes vassaux n'auront jamais rien vu de semblable depuis la fête que mon grand-père donna à l'armée du roi, après qu'elle eut battu le duc de Monmouth à Sedgemoor. Ma chère enfant, vous verrez des feux d'artifice et des réjouissances sans pareille, à l'arrivée du héros. Je veux recevoir mes camarades : c'est aux vieux militaires à traiter les jeunes.

Nous parlerons de nos campagnes; mais, je vous en prie, n'allez pas càuser avec milord de ce que vous n'entendez pas; car je vous préviens qu'il a une aversion des plus grandes pour l'ignorance.

Rôtir un bœuf, percer des tonnes de cidre, régaler tout le pays et parler de ses campagnes, ne résonnait pas élégamment à l'oreille d'une jeune demoiselle qui aurait bien mieux aimé entendre causer d'une partie de ranelagh ou d'opéra, que de toutes ces choses. Cependant comme l'éducation d'Emilie lui avait donné un certain goût pour les plaisirs ruraux, et qu'elle mourait d'envie de voir ce fameux comte d'Avondel, le phénix de son oncle, elle ne sentit aucune répugnance à jouir des apprêts qu'il se disposait à faire. On ne parla plus au château que de l'arrivée

des journaux, après lesquels on sou-
pirait ; mais ces fidèles annonces,
ou, pour mieux dire, ces précurseurs
des événemens, ne souffrent jamais
que l'espoir ou la crainte restent
long-temps en équilibre. Un jour
miss Mandeville lut avec joie cet
article :

— La séance du conseil a tenu
hier fort tard. Le sujet de la délibé-
ration reste dans le plus profond secret ; cependant nous apprenons par
une voix authentique que le comte
d'Avondel est rappelé en conséquence d'un arrangement que le cabinet a fait avec lord Lurcher Rack-
rent. Une frégate est préparée pour
prendre milord Avondel, et le parti
ministériel de la Chambre des Communes sera renforcé par le surcroît
de six bourgs. —

Le jour suivant la poste apporta cette autre nouvelle :

— Nous apprenons que les arrangemens pris au sujet du comte d'Avondel pour lui faire résigner sa vice-royauté, sont suspendus d'après les fortes représentations qu'ont envoyées quelques-uns des principaux habitans, pour supplier le gouvernement de leur laisser un homme dont la conduite fait le bonheur et la gloire du pays et augmente les ressources de cette importante colonie à un degré extraordinaire. Nous opposons notre protestation à ceux qui voudraient balancer le salut de l'empire et soutenir le système des démocrates. Si la chose ne tourne pas au désir de *certaines personnes*, lord Lurcher a encore quelques coupes de bois à faire, et le merrain se vend bien. —

La semaine d'après on lut ces mots : « Le rappel de lord Avondel, qui avait fait le sujet de longues discussions, est enfin décidé. On prépare un hôtel magnifique pour la réception de son Excellence dans Grosvenor-Square. »

Peu de postes après on reçut ces nouvelles alarmantes : « Il y a de grandes craintes sur le sort du *Saint-Georges indien,* à bord duquel le comte d'Avondel et sa suite ont pris leur passage pour l'Angleterre. »

Les terreurs des Mandeville durèrent jusqu'au jour suivant, qu'ils tombèrent tous dans une profonde tristesse en lisant : « Nous nous empressons de rassurer les amis de ceux qui s'étaient embarqués sur le *Saint-Georges,* en annonçant l'arrivée de ce vaisseau dans les dunes après une heureuse traversée. Il n'apporte

aucune nouvelle du comte d'Avondel. »

Le premier de janvier 1779, miss
Mandeville lut avec un ravissement
inexprimable le paragraphe suivant:
« Hier, fort tard, Sydney, comte d'A-
vondel, est arrivé à Londres après
une absence de vingt années de son
pays natal. Le peuple s'est assemblé
pour lui témoigner sa satisfaction et
sa reconnaissance des services signa-
lés qu'il a rendus à sa patrie, et pour
contenter sa curiosité en regardant
un personnage si distingué. Mais Son
Excellence, remplie de cette modestie qui accompagne toujours le mérite
supérieur, a cherché à se dérober à
l'admiration; et après avoir salué gracieusement la multitude, qui lui a
rendu son salut par trois acclama-
tions de *vive le héros!* elle est en-
trée dans son hôtel, qui a été en-

touré jusqu'au soir. Cependant milord n'a plus été visible, et l'on soupçonne qu'il est parti de suite pour la
campagne, afin de se dérober à ces
honneurs que sa popularité lui attirait dans un siècle si dépourvu de
véritables grands hommes. Nous
eûmes le bonheur de nous trouver
auprès de la voiture de Son Excellence quand elle en descendit, et
nous pouvons assurer avec plaisir
que les fatigues et les dangers auxquels elle a été exposée, n'ont aucunement altéré ses agrémens person-
nels. La belle figure de milord et
son extérieur élégant nous l'ont fait
reconnaître aussitôt. Sans dessein de
blesser personne, nous dirons, avec
justice et sincérité, que nous mépri-
sons les faux rapports que des intentions malignes nous avaient adres-
sés concernant la conduite que les

ministres se préparent à suivre e
vers cet homme célèbre. »

Comme Emilie se hâtait d'aller :
noncer à son oncle qu'enfin la vér
était connue, elle le vit venir
visage rayonnant de joie. Il eut tou
les peines du monde à se conte
tandis qu'elle lui lisait l'article. Il
arracha même le journal avant qu'e
eût fini; et tout en maudissant le
lain chien de papier qui volait
l'Inde en Angleterre plus vîte qu'
boulet de canon, il dit que les me
songes imprimés ne toucheraient p
sa porte davantage. Alors, se frotta
les mains, il tira une lettre de s
estomac et la montra à Emilie
ajoutant : « Tiens, mon enfant, ce
est plus vrai, car c'est de lui-mêm
C'est l'écriture du comte d'Avonde
lis :

Falmouth, 9 janvier 1779.

« Cher Mandeville,

« Les nouvelles d'un exilé en terre étrangère, et de retour dans son pays, doivent produire naturellement des sensations confuses dans le cœur d'un ami. La vie errante que j'ai menée depuis tant d'années, m'a empêché de former des attachemens bien vifs, et j'ai le chagrin de trouver aujourd'hui la plupart de mes anciens amis, ou morts, ou changés de situation et de caractère, au point que je me défendrai aujourd'hui de renouveler ces liaisons si chères qui faisaient ma consolation dans mon exil, et soutenaient mon ame déchirée de douleurs. D'après tout ce que j'ai appris, depuis mon arrivée, sur ceux que j'aimais, je ne puis que me féliciter de voir mon brave vétéran, mon compagnon d'armes, le colonel Mandeville, reposer, avec ses lauriers bien acquis, dans la maison de ses ancêtres, et qu'il ait conservé son même cœur ainsi que son intégrité. Convaincu que son premier devoir est de rendre les autres heureux, je le complimente sur le pouvoir qu'il en a.

« Vous êtes toujours le même Mandeville que j'ai connu, et en qui je plaçais ma confiance entière; mais je ne suis plus que le pauvre naufragé Avondel. J'ai pris terre dans cet endroit, et je suis décidé à y finir ma triste vie dans la retraite et la réflexion. J'ai vu assez du monde et des affaires pour confirmer la persuasion où je suis que la vanité et le chagrin accompagnent toujours la grandeur. Dois-je accuser l'espèce humaine, dont je fais partie, d'ingratitude ou

de fausseté, ou bien dirai-je que la
fatalité s'est attachée à moi, et m'a
appris à chercher ma récompense
dans mes sentimens de droiture, plutôt que dans l'acquisition de ces ob-
jets qui avaient excité mes ardens
désirs ?

« N'allez pas, cher Mandeville,
appeler cet aveu de mes sentimens
actuels le résultat d'une ambition
trompée. La plus grande faveur que
le gouvernement pouvait me faire,
était d'ordonner mon rappel. J'aime
la retraite, et ma santé exige une attention sérieuse pour tout ce qu'elle
a souffert dans des climats trop ardens. J'y ai été accablé d'hommages,
étourdi d'adulations, et ici je vivrai
pour moi seul.

« J'espère qu'on m'excusera de ne
pas me montrer dans Londres. Mon
secrétaire peut dire tout ce que j'ai

fait, si l'état où j'ai laissé mon gouvernement requiert des instructions
à cet égard. Il pourra aussi développer les plans que j'avais établis pour
l'avenir, dans le cas où mon succes-
seur daignerait s'en instruire. L'étiquette et les formalités d'une vie de
cour me sont insupportables, et je
dédaigne d'accepter une récompense.
Vous, honnête et noble Walter, ne
me blâmez pas si je vous avoue que,
quoique mon patrimoine soit dis-
proportioné à mon rang, je ne demande qu'à finir ma carrière dans
la même honorable pauvreté que je
l'ai commencée. Je n'ai pas dépouillé
les idoles d'or de l'Inde. Les mines
de Golconde n'ont point souillé mes
mains, et je ne veux pas maintenant
échanger les richesses d'une ame in-
dépendante contre l'acquisition de
grands biens et d'une pompe passa-

gère, sous la condition que je me
soumettrai aux innovations de la faction, et m'opposerai aux mesures pri-
ses par ceux qui dirigent sagement
le timon de l'Etat. La ferme intégrité qui m'a guidé jusqu'ici sera
constamment ma boussole. J'ai assez pour vivre honorablement dans
la retraite, pour philosopher et pour
être bienfaisant à propos. Un homme
détaché du monde est un insensé
s'il désire davantage.

« J'ai appris avec plaisir, cher ami,
que vous avez conservé votre liberté,
et que vous ne devez compte de vos
actions qu'à votre pays et à votre cons-
cience. Vous ne vous êtes point exposé aux caprices d'une femme; vous
n'êtes point devenu idolâtre d'une
insolente importance, ni l'humble esclave d'une douce beauté qui, quand
elle vous a subjugué, change bientôt

sa candeur et son ingénuité contre la
hardiesse et l'emportement d'un dra-
gon. Ce sujet m'anime ; car il me rap-
pelle ce soir qui précéda le jour glorieux de la bataille de Minden, où
nous montions la garde ensemble.
Vous souvient - il que, cherchant à
oublier la longueur fatigante de la
nuit, nous comparions notre heureux sort de garçon avec ceux qui
sentaient diminuer leur passion pour
la gloire, en songeant aux veuves et
aux orphelins qu'ils laisseraient après
eux, si la mort venait les frapper. Si,
pendant que nous préparions nos
ames au terme prompt de notre carrière dans le champ de l'honneur,
nous nous félicitions de n'avoir personne qui pût souffrir de notre perte,
serions-nous honteux maintenant de
rentrer dans nos foyers avec l'idée
de passer notre vie dans la solitude,

sans y avoir un être pour flatter nos espérances et consoler nos douleurs? Mais aussi avons-nous dévoué notre jeunesse, nos forces, nos talens à devenir de ces créatures isolées, dont la renommée parle grandement, et pour qui l'affection est silencieuse? S'il en est ainsi, ce n'est plus aujourd'hui que nous devons nous en repentir, et il faut, au contraire, nous sauver du ridicule en ne pensant pas que nous puissions exciter l'attache-chement. Si nous ne sommes pas heureux, du moins n'en faisons rien connaître.

« Je ne sais, Mandeville, si la vie oisive d'un gentilhomme campagnard vous a rendu philosophe, comme le séjour à bord d'un navire et six mois d'inaction ont fait de moi un misanthrope, ou si vous êtes toujours le *Roger bon temps* que j'allais voir

à l'hôpital de Rovensburg? Sans me
parler de ce que vous souffriez, vous
me demandiez avec empressement ce
que devenaient vos camarades, et où
en était l'ennemi, d'après les succès
que venaient d'obtenir les armes de
la Grande-Bretagne. Si le temps a
réprimé l'ardeur bouillante de votre
cœur, l'infortune a augmenté la susceptibilité du mien. Je vais aller à
Bath, les médecins m'ayant conseillé de faire l'essai de ses eaux salutaires: j'espère que vous ne tarde-
rez pas à m'y venir trouver. Nous
nous rencontrerons avec de pauvres
invalides comme nous, et nous cher-
cherons à contenir, non les ennemis
de notre pays, mais ces tyrans domestiques qui font sans cesse invasion
dans le petit royaume de l'homme,
je veux dire ces regrets de la vanité
et ces sensations de l'amour-propre,

qui nous disent que nous méritions un meilleur sort.

« Adieu, cher et respectable Mandeville, croyez - moi votre sincère

AVONDEL. »

On trouvera de jeunes demoiselles qui, ayant aussi des prétentions au sentiment, à l'enthousiasme et à la tendresse, auraient bien voulu conserver de l'admiration pour un héros qui, à son retour, s'annonce pauvre, malade et malheureux; mais le petit intérêt personnel dit que cela est impossible. Miss Mandeville, au contraire, n'était pas de celles qui considèrent les habits couverts d'or et tout l'attirail de la prospérité comme une preuve du vrai mérite. Les peines d'un grand homme firent couler ses larmes; et, prenant la main de sir Walter avec une vivacité toute char-

mante, elle dit : « Cher oncle, qui
pourrait réconcilier lord Avondel
avec le monde ? »

« Ah! s'écrie le vétéran en sympa-
thisant avec son aimable nièce, et en
essuyant ses yeux humides, vous ne
pouvez, chère enfant, rendre les
hommes assez bons pour qu'ils deviennent justes envers un pareil être!
Je voudrais que vous l'eussiez vu,
Emilie, quand il courait au quartier
général de lord Gamby, pour lui demander de permettre qu'il servît
dans l'armée des alliés! C'était le plus
charmant militaire que j'eusse jamais
vu. Cependant on apercevait dans
son air quelque chose de mélancoli-
que qui affligeait ceux qui le regar-
daient. Il soupa, ce même soir, avec
le prince Ferdinand, nous l'eûmes
ensuite à notre compagnie. Combien
nous trouvions sa conversation agréa-

ble! que d'esprit, que de science!
non jamais homme n'en eut autant.
Après qu'il eut fait nos délices pendant plus d'une heure, je lui dis à
l'oreille : —Avondel, mon cher ami,
vous devez vous trouver heureux, ce
soir ! — Non, capitaine Mandeville;
hélas ! ma gaieté est feinte. Je fais le
fou en ce moment, mais la tristesse
habite mon cœur et je ne puis l'en
chasser. »

Emilie soupira et dit à son oncle
que, comme il paraissait tendrement
attaché à son ami, il ne négligerait
sûrement rien pour consoler ce cœur
malade.

Je l'ai vu, continua le prolixe Walter, s'élancer du lit sur lequel on l'avait
posé pour panser ses blessures, afin
de soutenir un soldat expirant, et je
lui ai entendu dire qu'il enviait le sort
de cet homme. La mort, disait-il,

dans ses approches les plus terribles,
n'a rien d'aussi affreux que le malheur d'avoir été trahi par une amante.

A coup sûr, reprit Emilie, il ne
s'est encore trouvé avec personne
qui ait eu assez de vénération pour
lui, pour essayer d'arracher les épi-
nes qui lui déchirent le cœur. Je ne
puis me faire l'idée qu'un homme
à talens si supérieurs, et doué
d'une sensibilité et générosité pareille à celle que vous donnez à lord
Avondel, eût conservé son dégoût
pour la vie, si une main secou-
rable l'eût arraché à ses peines secrètes, et si la tendre sympathie qu'il
mérite de rencontrer fût venue lui
promettre un avenir plus doux. Combien j'aurais aimé à le voir marié à
ma tante Sidonia ! Certes, il eût été
alors aussi heureux qu'il est illustre !

Vraiment oui, c'était bien là de

quoi lui faire désirer la mort du pauvre soldat.

Mon ange, dit tout bas lady
Mackintosh, vous ne connaissez pas
le caractère de votre tante.

Il se fit un profond silence. Sir
Walter le rompit en disant qu'il ne
laisserait pas son ami mourir de chagrin à Bath. — J'irai moi-même,
ajouta-t-il, et le ramenerai au château.
Les docteurs disent que les eaux de
Marthon-Moor sont aussi bonnes
que celles de la belle pompe. Nous le
soignerons tous, et vous, Emilie, vous
vous chargerez de lui faire oublier...
Bah! qu'est-ce que j'allais dire?
Seulement ne parlez jamais de votre
tante devant lui, ni pendant le temps
qu'il sera ici. Il n'y a encore ici
que vous qui m'ayez dit du bien
d'elle.

Emilie devint très-rouge; elle

aperçut avec peine dans les regards
de son oncle, qu'il lui défendait ex-
pressément de faire mention de celle
qu'elle estimait autant qu'elle la chérissait. C'est alors que la pauvre petite
vit bien qu'il avait existé quelque mésintelligence grave entre ses
deux parens; que cette mésintelligence pouvait être oubliée par sa
chère tante, mais que le cœur obs-
tiné de son oncle gardait toujours
rancune. Elle savait qu'il était trop
tenace dans ses opinions pour écouter autre chose que ses propres idées;
elle savait que s'il eût voulu se réconcilier avec lady Sidonia, il devait
avouer les méprises qu'il avait faites
sur son caractère, ou qu'elle était
totalement changée depuis qu'on l'a-
vait crue coupable de quelque faute
qu'elle ignorait.

Lady Mackintosh s'occupa alors

d'opposer des obstacles à l'invitation
de sir Walter. Cette dame était une
de ces créatures qui, devenues une
fois intimes dans une famille, n'ont
point de repos qu'elles n'en aient,
soit par adresse, soit par une complaisance servile, ou des conseils
donnés en temps et lieu, obtenu l'entière direction, et qu'elles n'en aient
rendu les agens principaux de vraies
poupées à ressorts, qu'on fait tourner à volonté. Quoique sir Walter
crût sa volonté aussi inébranlable
que le mont Athos, il était plus vrai
qu'il commandait rarement dans sa
maison, et qu'il ne se formait aucune
partie chez lui ou dehors, si elle ne
convenait à l'experte gouvernante,
entre les mains de laquelle il n'était
guère plus qu'un automate. Il con-
serva cependant sa volonté sur deux
points principaux : le premier, rela-

tivement à sa tendresse pour Emilie,
et l'autre dans sa résolution de consoler son ancien ami et de l'attirer
chez lui. En vain la veuve lui repré-
senta-t-elle ce que dirait le monde,
si on le voyait recueillir dans son
château un militaire dont la fortune
était anéantie, un homme à peu près
disgracié, et cela pendant que son
unique héritière y demeurait; elle eut
beau parler du respect dû aux opinions reçues, et observer que la compassion pour les infortunés ne devait
pas nous faire manquer de prudence
envers nous-mêmes, et, en dernier
résultat, le prévenir que la décence
la forcerait à diminuer le nombre de
ses visites tant que lord Avondel serait chez lui, dans la crainte qu'il ne
fût un de ses *galantins* qui font leur
cour à toutes les femmes : sir Walter
ne départit pas de son dessein gé-

néreúx; il demeura ferme, ou plutôt
il continua de suivre la première im-
pulsion que lady lui avait donnée : car
j'observerai que les idées de la dame
étaient très-versatiles. Depuis la lecture de la lettre du comte, elle avait
conçu un préjugé violent contre le
conquérant de Madras, dont, auparavant, elle avait proposé de célébrer
le retour par une fête champêtre. A
ses yeux, le vêtement tout uni de
l'honorable médiocrité signifiait fort
peu de chose, et elle pensait que le
héros était tout aussi pauvre d'esprit
que d'argent, puisqu'il n'avait pas su
trouver une mine d'or et de diamans
dans l'Inde, ni le véritable chemin
de se procurer des places et des pensions en Angleterre. C'est pourquoi
elle concluait que la meilleure chose
qui pût arriver à un homme qui n'avait
plus rien pour intéresser la société,

était dè mourir à Bath du triste regret
d'avoir perdu les belles occasions
qu'il avait eues de s'enrichir.

Sentant que les résolutions de sir
Walter ne pourraient être détruites,
son inquiétude pour *sa chère* Emilie
la porta à vaincre la répugnance
qu'elle avait pour les habits rouges.
Elle dit à sir Walter que s'il voulait
exposer sa nièce aux dangers d'une
pareille connaissance, le seul moyen
d'en sauver la réputation des sarcasmes de la censure, serait de demeurer avec quelque dame sensée,
d'un certain âge et qui connût le
monde. Ce qu'elle ajouta avait tellement rapport à sa propre personne,
que sir Walter profitant du moment,
lui proposa d'avoir la bonté de devenir la personne qu'elle venait de
désigner. Lady Makintosh réfléchit
une minute : elle se rappela les qua-

tre familles avec lesquelles son cher
sir Jérémie l'avait liée ; et considé-
rant que les querelles qu'elle avait
eues avec ces gens-là étaient trop
invétérées pour qu'elle pût espérer
d'en être bien vue par la suite
(querelles qui n'étaient venues
que de leur obstination à ne pas
se laisser maîtriser), elle se décida
à les abandonner à leur mauvais sort.
Il fallait pour cela que la dame
quittât Dunswood, le lieu de ses premiers plaisirs, où était le mausolée
de sir Jérémie, et où elle venait de
faire planter la clématis et le rosier
du Bengale : tout s'arrangea à merveille. Sir Walter partit pour aller
chercher lord Avondel, et lady
Makintosh fut établie, au château de
Mandeville, dans la charge de chan-
celière de la cour du décorum.

Sir Walter ne fut absent que peu

de jours. Il revint annoncer qu'il
n'avait décidé son ami à accepter son
invitation qu'avec la plus grande
peine. Emilie commença alors à douter si elle avait eu raison de prendre si chaudement les intérêts de l'é-
tranger. Cependant elle ne donnait
aucune créance aux propos de lady
Makintosh; car, en jugeant le monde
d'après ce qu'elle en avait oui dire,
il renfermait beaucoup de gens qui,
comme elle, découvrent des vues
coupables dans la conduite la plus
désintéressée, et assujettissent un
galant homme à ce contrôle sévère
qui naît le plus souvent de notre
propre morale et répand sur le caractère d'autrui un opprobre qu'on
mérite seul. Au surplus, était-il besoin qu'Emilie eût une compagne
perpétuelle pour défendre sa réputation ?

Elle réfléchit en son particulier
sur tout ce que sir Walter avait dit
de son ami. N'était-il pas plus dangereux qu'aimable, extrêmement sus-
ceptible, rempli de son mérite, pé-
nétrant et impénétrable, sombre par
l'habitude de penser? ne montrait-il
pas avoir une idée défavorable sur le
sexe en le traitant avec une condescendance orgueilleuse qui indique
l'extrême supériorité qu'on croit au
sien? Quelles que fussent ses erreurs
ou ses infortunes, comme on voudrait
les appeler, elles devaient rendre
l'important comte d'Avondel une
société moins désirable que celle de
gens inférieurs, qui, n'ayant ni ses
titres ni ses mérites, ont, par cette
raison, plus d'indulgence pour les
prétentions d'autrui.

Cependant ce n'était pas moins là
un grand homme, un héros célèbre.

La curiosité est un puissant motif pour
notre façon de penser, et c'était un
grand plaisir de voir ce que le monde
appelait un phénomène. Emilie eût
bien désiré le regarder et l'entendre
parler sans être exposée à ses regards
pénétrans et à des observations qui
ne seraient point à son avantage. Elle
avait bien du regret du mystère qui
tenait à sa tante et l'empêchait de lui
parler, dans ses lettres, de l'arrivée
de l'étranger, ou de lui demander ses
conseils à cet égard. Il n'y avait aucun doute qu'Emilie n'eût la même
confiance dans lady Sidonia ; mais ce
souvenir du portrait qu'elle lui avait
montré, l'engageait à éviter toute occasion de renouveler ses peines. Le
temps lui découvrirait s'il y avait aucun rapport entre ces deux personnes distinguées, et elle se promit
d'être jusque - là aussi réservée en-

vers le comte qu'envers sa tutrice ;
dont rien au monde ne pouvait al-
térer la bonne opinion qu'elle en
avait.

CHAPITRE IV.

La montagne délivrée d'un phénix au cœur
de marbre.

Le jour vint enfin où devait paraître
l'homme si attendu. Pendant le déjeûner, si Walter dit à sa nièce d'un
air tout glorieux : « Préparez-vous,
Emilie, à recevoir un véritable héros, celui qu'on peut, sans se tromper, qualifier de ce titre. Mais je vous
avertis que j'ai dit à milord qu'il ne
serait aucunement gêné ici.

« Comment entendez-vous cela,
mon cher oncle?

« C'est-à-dire que ne voulant pas
tromper Avondel, je l'ai prévenu
que j'avais chez moi deux dames, et
qu'elles ne ressemblaient pas aux autres femmes. J'ai dit que vous étiez

une bonne fille ; que vous le respec-
tiez et l'admiriez beaucoup; que vous
ne pensiez pas comme celles qui
croient qu'un homme doit être leur
complaisant et les traîner par-tout
où elles sont bien aises de faire voir
qu'elles ont un *aimable* pour leur
faire la cour. Je lui ai dit que vous
parliez peu, qu'on ne vous entendait
jamais rire aux éclats, et que vous
n'aviez pas ces airs évaporés ou aga-
çans de nos coquettes qui, lorsqu'elles
ont attrapé un fat, s'en amusent ensuite comme d'un singe ; mais que
j'avais reconnu en vous la femme
essentielle, une sage maîtresse de
maison, et que je vous avais appris
le trictrac.

« J'espère, dit mistriss Mackintosh, que vous m'avez également
rendu justice auprès de milord ?

« Je lui ai dit, reprit sir Walter,

que je voudrais vous avoir connue
vingt ans plus tôt , que vous étiez une
fort jolie personne.

« J'admire votre franchise , répondit la dame. Cela est aimable d'avoir
appris à sa seigneurie que je ne suis
plus de la première jeunesse : cependant je ne me vois pas encore ces
cheveux d'où l'on dit que s'éloignent
les flèches de Cupidon.

Le baronet, occupé d'autres choses,
ne répliqua pas. « Je veux recevoir
mon hôte avec honneur , dit-il. Mes
fermiers iront au-devant de lui avec
mes gens, et on servira le dîner dans
la grande salle de cérémonie. J'ai fait
mander des musiciens qu'on placera
dans la galerie de pierre, et qui exé-
cuteront plusieurs morceaux pendant
le dessert. Emilie , mon enfant , il
faut vous parer de votre mieux.
Ayez soin de mettre tous vos bijoux,

et n'oubliez pas que milord est un
très-bel homme qui a du goût. Vous
faites les honneurs de ma maison à
merveille, ainsi je ne suis pas inquiet
à cet égard ; mais, cependant, je ne
veux pas vous voir la timidité que
vous aviez en arrivant ici. Il ne faut
ni trembler, ni rougir comme si vous
sortiez de chez votre nourrice. Lord
Avondel a l'usage d'un homme qui a
fréquenté les Cours les plus brillantes
de l'Europe, et qui joint à un savoir
vivre supérieur le ton de grandeur
et de magnificence de l'Orient. C'est
le roi de la courtoisie, et je vous engage à en devenir la reine. »

Ce préambule des cérémonies n'é-
tait pas fait pour rassurer la tenue
modeste de miss Mandeville. « Quelle
tâche on me fait entreprendre! pensa-
t-elle en se préparant pour cette réception formidable. Je proteste bien

que je ne m'appitoierai plus sur le
sort d'un héros infortuné, et que je
n'attacherai plus mes regards sur une
étoile éblouissante. »

Tandis qu'elle achevait sa toilette,
lady Mackintosh entra, et lui fit son
compliment , en l'assurant qu'elle
était mise à faire des conquêtes. « Il
est heureux pour moi, ajouta-t-elle,
que je n'aie pas de dessein ; car, en
vérité , avec mes vêtemens lugubres,
je n'attirerais pas un regard , sur-tout
éclipsée par une semblable beauté.
Mais, ma chère petite, comme vous
tremblez !... de quoi avez-vous peur ?
J'avoue que votre oncle est très-
alarmant : cependant il ne faut pas
que l'arrivée d'un si grand personnage vous épouvante ; ne craignez
rien, je vous soutiendrai.... Eh quoi!
voici la cavalcade qui entre déjà dans
l'avenue ! le héros n'est sûrement pas

loin. Allons vîte, ma chère, descen-
dons pour le recevoir. »

Emilie avait placé et déplacé trois fois
les plumes de son joli petit chapeau
rose ; elle avait tourné les boucles de
ses cheveux en tout sens, et leur avait
donné enfin la courbure la plus gra-
cieuse. Elle rompit le cadenas de son
bracelet en se dépêchant, oublia un de
ses gants, et arriva dans le salon à l'instant où les hautbois et les clarinettes
commencèrent à jouer. A peine re-
mise de son trouble, son oncle entra d'un air triomphant, condui-
sant par la main un homme en uniforme de général, et décoré de plusieurs ordres militaires et diplomati-
ques. Tant de noblesse et de majesté
brillàient dans cette personne, malgré
la pâleur de ses traits, qui annonçaient un état de souffrance, qu'on
reconnaissait aisément que ce ne

pouvait être que le comte d'Avondel!

Il s'adressa à Emilie dans les termes les plus flatteurs et les plus délicats. Il lui dit qu'il avait été impatient de venir la remercier des soins qu'elle avait pris de son meilleur ami; il se tut ensuite, et parut attendre sa réplique : mais voyant que sa timidité l'empêchait d'en faire une, il la laissa pour lui donner le temps de recueillir ses pensées; et, faisant le tour du salon, il se montra extrêmement poli envers tous ceux que sir Walter avait invités pour honorer son arrivée. Lord Avondel revint peu après se placer à côté d'Emilie, et causa avec elle d'une manière aisée et affectueuse, qui dissipa bientôt la gêne de la jeune personne. Sir Walter se frottait les mains, la joie animait ses joues; il faisait des signes à ses voisins, et souriait aux dames,

pour indiquer l'orgueil qu'il ressentait d'avoir pu attirer chez lui une
semblable merveille et l'avoir pré-
sentée à la compagnie. Miss Mandeville était tout-à-fait revenue de ses
craintes, et se plaisait à comparer
les manières gracieuses et distinguées
du comte d'Avondel avec celles des
hommes qu'elle avait vus jusqu'à ce
jour, y trouvant la plus extrême déférence. Les élégans du voisinage
n'annonçaient rien que de commun
ou d'épais ; ils se faisaient valoir
quand ils déployaient une galanterie grossière, tandis que le comte
d'Avondel s'attirait en même temps
l'admiration et le respect. « Oui, assurément, voilà bien cet homme, *le
premier et le meilleur de tous*, ré-
pétait tout bas Emilie. Quelle honte
pour son siècle qu'il ne soit pas plus
heureux ! »

L'aisance générale que ce *roi de la courtoisie*, pour me servir de l'expression du bon sir Walter, apporta dans le cercle, donna à miss Mandeville de nouvelles raisons de l'admirer. Ses attentions pour elle n'étaient ni importunes ni présomptueuses. Elle eut le loisir d'observer ses traits aussi bien qu'elle écouta ses paroles. Le temps avait pu apporter de la gravité sur son visage; mais rien encore n'y paraissait qui annonçât la vieillesse. Emilie fit cette remarque avec un certain plaisir: de plus, le comte annonçait dans ses regards toute la vivacité de son intelligence; ce qui donnait de l'expression à la beauté de ses traits; ses sourcils, étaient parfaitement arqués. Son maintien était plein de dignité et annonçait un penseur; mais le sourire venait bientôt tempérer cet

air sévère et ne laissait plus voir
qu'une bonté touchante. Emilie faisait attention à la tristesse qu'il ne
pouvait entièrement cacher ; elle crut
même l'entendre soupirer plusieurs
fois : elle fut la seule qui s'en aperçut.
Tout le monde continua d'éprouver
le charme de sa présence : sir Walter
sur-tout était dans le ravissement, et
ne cessait de dire : « Voilà l'homme
qui m'a sauvé la vie. »

« Il est bien étonnant, pensait miss
Mandeville, qu'avec cet air de grandeur il ait introduit tant d'aisance
parmi nous ! Chacun tremblait de son
infériorité avant qu'il arrivât, et
maintenant tout le monde en agit
avec lui comme s'il était une ancienne connaissance, excepté moi
pourtant, qui meurs d'envie de lui
parler et qui n'ose hasarder une
seule phrase. En vérité, il doit bien

me prendre pour une sotte. Cependant je le crois trop bon pour concevoir cette triste idée d'une jeune
personne, parce qu'elle est timide,
et qu'elle se regarde comme trop peu
de chose devant lui, comme le dit
mon oncle ; ce ne serait pas bien, et
je suis sûre qu'il pense mieux. »

Le jour était à sa fin, et Emilie
n'avait encore pu prendre sur elle
d'adresser quelques mots à son hôte
illustre qui pussent lui donner d'elle
une meilleure idée. D'un autre côté,
l'effort qu'elle aurait fait pour vaincre ses craintes eût été nul, par l'envie que paraissait avoir lady Mackintosh de la guérir de sa présomption.
En se retirant, le soir, dans son appartement pour y examiner à loisir
ses sentimens sur l'étranger, sa
duègne, fidèle aux devoirs de sa
charge, l'y suivit de près. « Il est

bien ennuyeux, pensa miss Mandeville, d'avoir toujours cette femme
sur mes talons !

« Eh bien, mon ange, dit la veuve,
j'espère que votre bonne opinion de
l'étranger ne s'est pas démentie ?

« Sûrement non, répondit la demoiselle d'un air assez mécontent de
l'inquisition de l'autre ?

« Et vous le regardez comme la
plus grande merveille des merveilles
dont on fut jamais émerveillé ?

« Oui, oui, je pense ainsi.

« Que vous avez de discernement!
dit en riant la dame. On voit bien que
sir Walter et vous, n'avez guère
connu le monde, pour vous étonner
de ce qui n'est qu'un peu au - dessus
du commun !

« Il se peut que vous ayez raison,
Madame.

« Le comte me paraît avoir beau-

eoup de hauteur ; mais on sait qu'un
phénix doit être orgueilleux. Le
croyez-vous donc beau au superlatif?

« Madame, je ne l'ai pas examiné
assez pour dire s'il est orgueilleux où
bel homme.

« Ah! miss Mandeville, ce n'est
pas là être sincère!»

Emilie commençait à perdre patience. Si je l'ai regardé quelquefois,
dit-elle, j'ai pu m'apercevoir aussi
que vous étiez plus en état d'en juger
que moi ; car il vous a donné une
bonne partie de son attention, et
vous ne le perdiez pas de vue.

Piquée de cette observation, la
belle veuve s'en consola en pensant
qu'Émilie n'avait pas tout-à-fait tort,
et qu'elle lui faisait l'honneur de la
regarder comme une rivale dange-
reuse. « Mon ange, reprit-elle en
lui prenant la main, vous ne pouvez

croire qu'il ait fait attention à des charmes effacés, tandis qu'il avait auprès de lui toute la fraîcheur et tout l'éclat de la jeunesse. Allons, vous plaisantez ! et j'ai bien entendu les complimens flatteurs qu'il vous adressait.

« Comme à la nièce de son compagnon d'armes ; voilà tout. Je ne suis pas assez vaine, Madame, pour croire que, valant si peu, je puisse attirer les regards d'un homme tel que le comte d'Avondel. Il accorde à miss Mandeville une portion de l'estime qu'il a pour sir Walter, et rien de plus.

« Une portion d'estime ! vraiment oui ! le comte d'Avondel a bien l'air d'un homme à penser si froidement ! Croyez-vous qu'il ne soit pas jaloux de plaire à une jeune personne, aussi bien qu'un autre ? Mais il faut vous

avertir d'une chose, ma chère petite, c'est que je ne vous ai jamais vu
un air aussi embarrassée qu'aujour-
d'hui : cela allait même, permettez-
moi de vous le dire, jusqu'à la gau-
cherie ; on aurait dit que vous sortiez
de votre village. Oh ! je vous con-
seille très-fortement, si vous voulez
fondre la glace du cœur de cette
merveille, de vous y prendre autrement. Je ne dis pas cela pour vous
causer de l'humeur, mais, en vérité,
vous n'avez pas répondu une seule
fois à propos à ce qu'il prenait plaisir à
vous adresser : à table, par exemple,
quand vous lui offriez quelque chose
et qu'il acceptait, vous faisiez passer
l'assiette à un autre. Cette distraction et d'autres semblables ont ap-
prêté à rire aux demoiselles Hum-
phrey Cawbell. Elles ont dit que
sûrement vous souffriez, car vous

rougissiez et pâlissiez à toute minute.
Pour ma part, j'étais extrêmement
peinée de votre trouble, si visible
pour tout le monde. J'avais beau vous
faire des signes, vous ne me regar-
diez pas : aussi ce n'est pas ma faute!
Mais, demain, ma chère amie, il
faudra montrer plus d'assurance et
donner une meilleure idée de votre
esprit à Son Excellence.

« J'aurai soin de me rappeler vos
avis, Madame, répondit sèchement
Emilie, et je ne puis dissimuler, en
attendant, que vous avez été un peu
cause des distractions que vous me
reprochez ; car vos manières envers
milord paraissaient tellement l'étonner, qu'il oubliait de répondre à mes
attentions pour le servir : et c'est ce
qui fait que j'envoyai à un autre ce
que je lui avais d'abord offert. Il m'a
demandé, dans la soirée, si les habits

dé deuil qu'il vous voyait étaient la
suite de quelque malheur récent:
alors j'ai cru devoir répondre à Sa
Seigneurie que vous veniez d'avoir
celui de perdre votre mari, et que la
gaîté que vous montriez en ce moment, qui lui semblait étrange d'a-
près un événement semblable, n'é-
tait produite que par celle que ce
jour inspirait. J'ai ajouté que votre
tristesse n'en était pas moins grande
au fond du cœur, et que vous étiez
bien éloignée de penser jamais à former un second attachement.

« C'est parler à merveille, Emilie:
et j'ajouterai à ce peu de paroles que
vous dites, sans doute dans l'intention de faire mon éloge, qu'à table
je ne pus m'empêcher, malgré tout
le bien que sir Walter dit de son ami,
de faire une grande différence entre
lui et l'être que j'ai perdu. Sir Jé-

rémie était un homme tout uni et
sans fierté ; c'était ce qu'on appelle
un brave homme. Jamais il n'avait
l'air de regarder les autres du haut
de sa grandeur comme fait ce lord
d'orgueilleuse importance. Mais ,
bon soir, Emilie. Vous venez de ré-
veiller des pensées douloureuses :
hélas ! elles vont me suivre et me
tenir lieu de sommeil ! »

Miss Mandeville attendait le départ
de miss Mackintosh avec impatience,
et elle ferma sa porte aussitôt qu'elle
fût partie, dans la crainte qu'il ne lui
prît fantaisie de revenir ajouter de
nouvelles réflexions à celles dont elle
venait de la régaler. Elle était tour-
mentée de ce que la société qui était à
table avait pris garde à elle pendant
tout le dîner. Cependant, pouvait-on
trouver extraordinaire qu'une jeune
personne qui faisait pour la première

fois les honneurs d'une maison en aussi grande compagnie, eût l'air un peu embarrassée, sur-tout quand il était question de recevoir un homme célèbre et du discernement de lord Avondel? Si le héros du jour possédait quelques charmes, quelle impression pouvaient-ils faire sur celle dont il eût été le père? Vingt-deux ans de différence! Il en avait alors quarante-deux passés : point de gaîté, point de fortune, le rendaient-ils donc assez dangereux pour enchaîner si subitement les affections d'une jeune héritière de plusieurs millions? Cette question, je la fais à lady Mackintosh, qui croyait avoir déjà reconnu un petit sentiment de prédilection dans Emilie pour l'illustre comte. Après quoi je dirai, pour être tout-à-fait juste, que miss Mandeville, pour la première fois,

sentit le désir de connaître si sa fortune serait assez considérable pour
fournir à un établissement splen-
dide.

Ensuite elle pensa aux observations de la veuve : pouvait-il y avoir
quelque chose de répréhensible dans
lord Avondel, qui, caché sous des
dehors flatteurs, frappât le discernement équivoque d'un esprit tel que
celui de cette femme ? Sa supériorité
était trop grande pour être appré-
ciée par un génie malfaisant. Il était
possible qu'il ne plût pas également
à la dame comme il avait plu à toute
la société, dont chaque membre n'a-
vait qu'à se louer de ses égards. On ne
lui avait fait remarquer ni le dédain ni
la fierté dont elle l'accusait ; il avait été
au contraire, d'une politesse extrême
avec chacun. Les hommes vains re-
cherchent la louange. Si lord Avon-

del eût été de ce nombre, il avait bien eu de quoi se féliciter, car les complimens l'assiégeaient ; mais il ne les recevait que de cet air négligé qui prouve qu'on ne fait pas grand cas de l'encens. Mais que s'ensuivait-il de là ? était-ce une raison de mettre le comte en parallèle avec un sir Jérémie Makintosh ? Quelle absurdité ! Au surplus pourquoi se formaliser des remarques ridicules d'une femme ?— Et cependant il n'est pas heureux ! se disait encore Emilie. On le voit : la douleur, bien plus que l'âge, a sillonné son front majestueux. Se peut-il qu'avec tant de mérite, tant de qualités, le bonheur n'ait pas accompagné sa brillante carrière ? A quelles épreuves doit-on s'attendre dans le monde, si un Avondel n'a pu le traverser sans y rencontrer la perte de sa tranquillité ? Ma chère tante Sidonia aussi,

avec ses vertus, sa bonté, est malheureuse! Serait-ce donc là le sort
de tout ce qui est bon et méritant?
Ah! s'il en est ainsi, que ne puis-je
passer dans l'obscurité le reste de ma
vie! Quels malheurs n'ai-je pas à
redouter, moi que la nature a créée
d'une susceptibilité excessive, et qui
ai une ignorance entière des humains!

Emilie se ressouvint du petit portrait qu'elle avait vu à Lime-Grove.
Quoique l'ayant regardé avec assez
d'indifférence, elle avait remarqué
qu'il représentait un homme dans
tout le fleuri de la jeunesse et de la
santé, brillant de gaîté et d'espérance. Le temps ou la maladie, et
même les circonstances, pouvaient
avoir changé l'original au point de le
faire méconnaître ; les yeux cependant étaient d'une ressemblance....

enfin Emilie désirait plus que jamai
d'être instruite de l'histoire de s
tante.

Sir Walter ressentait une joie d
posséder son ami, qui le fatiguait autant que sa nièce l'était de sa perplexité, et tous deux ne purent
goûter de sommeil. Ils se levèrent
de bonne heure et se trouvèrent en
même temps dans la salle à manger.
L'enthousiasme du baronet venait de
faire sur lui l'effet d'un puissant pa-
nacé, et il se croyait guéri de tous
ses maux. Après avoir reçu le bonjour
d'Emilie, il se rejeta sur ses vieilles
batailles, et en parla avec encore
plus de vivacité que de coutume. Il
en était à son récit chéri, et l'épée
du Bavarois se levait sur lui lorsque son sauveur entra. Les yeux
d'Emilie annonçaient l'attendrisse-
ment, et son oncle, sans plus de

façon, dit : « Tenez , milord, voici
l'enfant qui pleure , parce que je lui
parle de votre générosité héroïque. »
Le comte la voyant rougir feignit de
ne pas entendre l'application et la loua
sur l'aimable sensibilité qui lui faisait prendre tant de part au danger
que son tv'eur avait couru. Il pria
ensuite sir Walter de ne pas s'entre-
tenir sur des choses faites pour af-
fecter une ame tendre ; et, à la prière
de son vieux camarade, il voulut bien
entrer dans des détails militaires, mais
d'un genre plus doux et dont le colonel fut enchanté. Néanmoins ces
détails les menèrent encore assez
loin ; et, grâce au vieux guerrier, la
Havane fut prise de nouveau , et les
hauteurs de Québec escaladées sans
qu'on s'occupât des dames, qui écou-
taient légèrement les descriptions de
ces Messieurs. Lady Mackintosh , fâ-

chée qu'une toilette du matin, qu'elle
avait soignée avec beaucoup d'art
n'attirât pas leur attention, dit à demi-
voix à Emilie qu'il était convenable
qu'elles se retirassent ; mais sir Walter
n'étant pas de cet avis, fit un geste
impératif, qui les retint.

« Pourquoi, Madame, pourquoi
Emilie, voulez-vous nous quitter ?
vous aimez à entendre raconter des
faits guerriers. Je vous assure, Avondel, que la petite est un vrai soldat
dans le cœur ; je lui ai répété dix
fois l'histoire de la campagne de 59,
quand vous commandiez la seconde
brigade. Eh bien ! elle ne se lasse
pas de m'entendre ; elle sait par
cœur toutes les dépêches que vous
envoyâtes en Angleterre à la conclu-
sion de la guerre de Madras. »

« Je respecte beaucoup le patriotisme des dames, reprit le comte ;

mais il n'est pas juste, lorsqu'elles
honorent nos récits de leur attention, que nous les fatiguions par des
détails étrangers à leurs connaissances particulières. Me ferez-vous
la grâce, miss Mandeville, d'accepter mon bras pour votre promenade
du matin ? »

Emilie n'avait pas oublié la réflexion de son oncle sur l'inconve-
nance de forcer un homme à être le
complaisant d'une femme, en la pro-
menant du matin au soir pour lui
servir de parade ; et elle garda le
silence.

Lady Makintosh prit la parole :
« Milord, ma jeune amie souffre
grandement du mal de tête, et son
intention est de chercher à le dissiper en allant inviter deux ou trois
de ses amies pour venir passer la
journée avec nous. » Cette annonce

ne plut guère au baronet. Il dit n'aimer que médiocrement la compagnie de femmes étrangères, parce que leur présence gênait les plaisirs de la table, et qu'en outre elles avaient toujours la manie de vouloir qu'on ne s'occupât que d'elles, et de prescrire despotiquement le ton de conversation qui leur convenait davantage.

« Cela dépend beaucoup du sujet qu'on met sur le tapis, observa lord Avondel. Supposons, par exemple, que nous nous entretenions de ce qu'il y a de plus précieux dans la vie, de ce qui assure les affections réciproques des familles et des amis; que nous calculions les moyens d'étendre l'empire des vertus et d'affaiblir celui du vice ; que nous parlions de ce qui est beau, de ce qui est sublime : alors les dames, dont le tact est plus fin, plus délicat que le nôtre, écouteront avec plaisir ce en quoi elles sont capables de nous donner des leçons. Du reste, nous devons être flattés lorsqu'elles font le sacrifice de leur goût à la complaisance de nous écouter, et les remercier de la part qu'elles prennent à ce qui nous regarde personnellement. »

Lady Mackintosh croyait rêver en entendant le comte s'exprimer ainsi, elle était tentée de penser qu'il plaisantait, d'après ce que sir Walter lui avait dit de son opinion sur les femmes. Emilie n'y trouva qu'une raison de paraître moins intimidée avec lui, et espéra jouir davantage de sa société par la suite. « C'est un excellent homme, pensait-elle; on voit qu'il cherche à ne pas me laisser trop inférieure devant lui. Que je serais heureuse si je pouvais passer ma vie avec un être qui lui res-

I.*   9

semblât! Quel protecteur ce serait pour mon inexpérience! et combien j'en vaudrais plus, étant guidée par sa sagesse et sa bonté! »

Sir Walter avait un projet qui l'occupait beaucoup, et sur lequel il était bien aise de consulter son ami. Pour en venir là, il se servit d'un détour assez maladroit, mais qui lui sembla très-naturel : profitant de la première occasion de sonder le lord, il lui exprima combien il devait de reconnaissance à lady Mackintosh de ses soins et de son amitié extraordinaire pour sa nièce. Lord Avondel l'interrompit bientôt en disant qu'effectivement cette amitié lui paraissait extraordinaire.

« Mais elle est bien sincère aussi, et je vous assure, milord, que j'en suis étonné d'après le caractère particulier que je connais à Emilie. C'est bien la meilleure enfant du monde, mais elle est fière et elle a un petit ton de dignité... c'est une Mandeville: du reste, peu savante; elle a eu des occasions si rares d'acquérir des connaissances! Toutefois elle est parfaitement bien élevée; mais elle ne sait que ce qu'elle a appris de mistriss Mackintosh et en causant avec moi. Sa fortune actuelle est de cinq mille livres par an, et elle en aura au moins autant après ma mort. »

Lord Avondel garda le silence.

« Elle est assez jolie, n'est-il pas vrai? » Le comte observa qu'il était assez mauvais juge en beauté.

« A la bonne heure, mais tout le monde la trouve fort bien; et, ce qu'il y a de mieux, c'est qu'elle possède les qualités de l'ame, et que je suis sûr qu'elle fera une excellente petite femme. Sa douceur m'a tota-

lement changé. Depuis qu'elle demeure avec moi , je suis plus heureux ; et quoiqu'elle m'ait borné à
une bouteille de vin par jour, et
qu'elle ait fait supprimer tous les ra-
goûts que j'aimais et qui me faisaient
mal, je ne puis m'empêcher de dire
que c'est un excellent cœur. Elle m'a
corrigé de ma brusquerie ; et quand
je me sens prêt à me mettre en colère, je la regarde, et me retiens, de
peur de lui faire de la peine. Aussi je
commence à croire que vous et moi
avions tort, Avondel, quand nous
donnions toutes les femmes au diable sans exception. »

« Ne me mettez pas de moitié
dans vos imprécations, je vous prie,
Mandeville. »

« Eh bien, vous écoutiez ce que je
disais sans m'imposer silence ; n'est-
pas la même chose ? Raillerie à part,

je pense aujourd'hui que si vous restez en Angleterre, vous ferez très-bien de vous marier. »

« Je serai de votre avis quand vous m'aurez prêché d'exemple. »

« St! ce que je dis n'est pas une plaisanterie. Songez que vous êtes de vingt ans plus jeune que moi, que vous n'êtes ni borgne ni estropié. »

« Excepté que je n'ai ni fortune ni santé. »

« Eh bien, une femme aimable, avec un bon revenu, vous guérira de ces inconvéniens. Mon ami, je vous le répète plus sérieusement, il faut vous marier. Je soupçonne ce qui vous arrête..... mais je suis étonné qu'un homme de bon sens comme vous n'ait pas eu assez de résolution pour.....»

« Quoi ? »

« Arracher de votre cœur un souvenir indigne.... »

Avondel tressaillit : il chercha à se
contraindre , et ne put que dire :
« Evitons ce sujet, cher Mandeville. »
Le sérieux avec lequel cette prière
fut faite, fit repentir le baronet de
sa témérité ; et, prenant la main
de son ami, il lui en demanda pardon.

« Vous m'avez surpris hors de
garde, dit le comte. Ce n'est pas mon
cœur, c'est ma mémoire qui nuit à ma
tranquillité. Je ne suis pas l'esclave
gémissant de l'amour ; mais je n'ai encore pu oublier le mal qu'il m'a fait.
Cependant je vous proteste que jamais je n'ai songé à savoir ce qu'était
devenue celle qui m'a trompé. Je ne
sais pas si elle existe, et j'espère
bien n'entendre ni parler d'elle ni
prononcer son nom. Je lui ai pourtant une obligation : elle m'a appris
à me défier de son sexe perfide ; aussi
n'ai-je pas été trompé depuis. »

« C'était la seule femme au monde capable de vous jouer de la sorte. »

« Et aussi la seule dont la conduite devait me faire le plus de peine. Elle avait un beau moyen de me tourmenter : ivre de ses charmes, elle en abusa pour m'accabler. J'étais jeune, ardent, crédule : c'était mon premier amour. Mille idées de bonheur remplissaient ma tête ; on eût dit que le délire s'était emparé de moi, tant la félicité que j'espérais avait exalté mon imagination ! Je croyais reconnaître dans la perfide toutes les qualités attribuées à un être angélique.... Walter, je ne puis y penser... mon ami.... mais quel enfantillage ! quoi ! pleurer..... pour une femme ! laissons cela. Mandeville, mon retour en Angleterre m'a suggéré une idée..... dites, puis-je encore espérer quelques jouissances

dans ma vie privée ? Allons, parlez
avec toute franchise, mon ami. »

« Quoi ! qu'entendez - vous par
cette question ? Je ne vous comprends
pas. »

« Ma fortune se réduit à très peu
de chose maintenant, vous le savez;
mais si la fantaisie me prenait de me
marier, ce ne serait pas cependant
à un de ces modèles de bêtise ou de
difformité qu'on voit assis sur un pié-
destal d'or pour attendre que des adorateurs mercenaires, qui deviennent
amans par avarice, se prosternent aux
pieds de l'idole, afin d'en être agréés.
Si je consens à prendre une femme,
je ne lui demande qu'un revenu suffisant pour continuer à vivre dans une
aisance bornée; je la veux indulgente
pour mes défauts; et si je puis prétendre encore à former une alliance
telle qu'elle me conviendrait, la dou-

ceur, le bon esprit de ma femme seront payés par une confiance entière, et ses procédés m'engageront à veiller constamment à son bonheur. »

Sir Walter, qui écoutait le comte avec un intérêt mêlé de joie de le voir si bien entrer dans ses vues, se frotta les mains, en disant : eh bien! mon ami, tout cela peut s'arranger. Supposons que j'aie trouvé cette femme-là ?

« Oui : mais m'en ferez vous aimer avec ma pauvreté et ma triste figure ? J'aurai beau chercher à lui plaire, à me rendre intéressant à ses yeux, elle ne me regardera que comme un extravagant, ou, tout au moins, comme un insensé, d'avoir des prétentions si peu justifiables. »

Sir Walter parut réfléchir. Il décrivit ensuite un petit cercle en marchant et en se frottant les mains,

puis, de l'air d'un homme qui tient ce
que l'on cherche : « Bien , bien ,
dit-il, continuez, cher Milord, d'expliquer vos intentions ; je vous écou-
te , et je crois avoir votre affaire. »

« Eh bien ! puisque vous le prenez
sur ce ton, j'achève la plaisanterie.
Je vous dirai donc tout uniment
que si je prends femme , je la veux
riche , jeune , belle et remplie de
graces ; je la veux douce , spirituelle,
et sur-tout ayant du jugement. Je
veux qu'elle ait du goût en toutes choses , et que son cœur soit généreux. Si
une pareille femme se présente à mes
désirs présomptueux , je serai franc
envers elle, et lui apprendrai que ma
fortune a été employée à soutenir
mon rang et la gloire de l'État ; que
j'ai fait du bien, qui m'a acquis de
ces ennemis qui détestent le bienfai-
teur et nient le don. Je lui dirai que,

comme la nature ne m'a pas créé
sasez ambitieux pour m'emparer des
premières places de l'État , ou assez
fourbe pour me rendre le chef d'une
faction, mes pertes de fortune sont
irréparables. Je lui dirai que les
travaux que j'ai entrepris, et les climats insalubres que j'ai habités, m'ont
occasioné des maladies qui , sans être
dangereuses, m'ont assez fait souffrir pour me rendre l'humeur insupportable et la vie à charge. Je termi-
nerai cet exposé , mon cher Walter,
en assurant que l'ame qui habite mon
frêle individu, est chagrine par suite
de longs combats avec le malheur ;
que je hais le monde, et que je suis
mécontent de moi-même. J'espère ,
avec cette franchise, réussir à persuader à une jeune et aimable femme
de passer sa vie dans la solitude avec
un parfait misanthrope. Trouvez-vous

encore que tout cela puisse s'arranger, cher Mandeville? et me ferez-
vous connaître celle que je désire
rencontrer? Si cela est, je vous per-
mets de la rendre ma compagne cons-
tante pendant toutes les heures de ma
vie? »

A ce détail décourageant, lord
Avondel remarqua que la figure de
son ami s'alongeait, et même que
son teint devenait des plus blê-
mes. Ce dire contrarirait tellement
ses desseins, qu'il ne pût s'empêcher
de s'écrier : « Bah! bah! voilà de
belles sornettes que vous nous con-
tez-là : il y a, ma foi, de quoi donner
du goût à toutes les filles pour le célibat, en vous entendant parler de la
sorte! Voilà un fameux moyen de
faire sa cour, en vérité! Mais, Avondel, vous ne me ferez pas croire que
vous parlez sérieusement, et que ce

portrait soit le vôtre. Ceux qui vous ont
vu et entendu ici le jour de votre arrivée, n'imagineront jamais que vous
soyiez un humoriste incorrigible, un
invalide incurable, enfin tout autre
que ce que vous avez paru aux
personnes qui étaient ravies de se
trouver avec vous, et qui ne taris-
saient pas sur vos louanges. »

Lord Avondel répliqua qu'il eût
été bien mal séant de ne pas paraître
gai et content le jour qu'il avait le
bonheur de revoir son plus ancien
ami ; mais qu'au fond ce qu'il lui apprenait de son caractère n'était que
la vérité. « C'est un malheur, ajouta-t-il ; cependant, j'espère que cela
ne nous empêchera pas de vivre le
mieux du monde ensemble. Vous êtes
mon voisin ; je viendrai chasser sur
vos terres, voir vos tableaux, vos
jardins, et jouir avec vous de cette

indolence délicieuse que j'ai sacrifiée
si long-temps au vain espoir de faire
le bonheur de mes semblables. »

Sir Walter, malgré tout, désirait
de retenir le comte le plus long-
temps possible, et crut avec raison
qu'Émilie serait en cela aussi bonne
solliciteuse que lui. Il l'engagea donc
à tout employer pour que leur hôte
se plût au château, et qu'il passât
son temps agréablement : alors elle
montra plus d'assurance. Sa connaissance superficielle des beaux arts et
ses talens non perfectionnés furent
mis en évidence, par le seul désir
de plaire à son oncle, en diversi-
fiant les loisirs de son ami. Cela lui
donna occasion de reconnaître que
milord avait une grande supériorité
de talens et de goût. Il se permit
des réflexions modestes sur le savoir
de la jeune demoiselle, et lui fit ob-

erver , avec le plus de délicatesse
ossible , les méprises dans lesquelles
n manque d'étude ou d'exercice la
isait tomber.

Un jour , miss Mandeville , pour
béir à son oncle, prit sa harpe et s'ac-
ompagna d'un air italien, toujours en
surant qu'elle avait honte de lais-
r apercevoir son ignorance devant
1 connaisseur : elle chanta en trem-
ant , et ses doigts étaient sans force.
ependant, lord Avondel parut l'é-
uter avec plaisir : il s'en approcha
avantage , tourna le papier de mu-
que , loua son goût sur le choix de
s airs , qui étaient des meilleurs au-
urs . et dit qu'en acquérant un plus
e hardiesse , elle pincerait de la harpe
ès - agréablement. Emilie se leva
tôt son morceau achevé, et offrit sa
lace à lady Mackintosh, qui , en fai-
nt des minauderies, et montrant

cette affectation par laquelle on veut
faire croire à un talent supérieur,
se plaça à la harpe. Elle chanta la ro-
mance française de J. J. Rousseau;
mais d'une manière si comique, avec
des soupirs si plaisans, sur-tout ce
refrain, *Plaisir d'amour ne dure
qu'un moment !* que le comte eut toutes les peines à s'empêcher de rire.
La dame, qui n'avait pas la timidité
d'Émilie, mais qui avait, au contraire,
une portion suffisante de présomption, chanta ensuite un air de bra-
voure par galanterie pour le héros
qui l'entendait : voulant faire croire
qu'elle avait la voix sonore, elle cria,
forma des sons aigus et discordans ; et
s'embrouilla tellement dans l'accom-
pagnement, en voulant le varier sans
mesure ni justesse, que lord Avondel, pour cette fois, n'y put tenir.
Un accès de toux dont il ne fut pas

maître le sauva heureusement d'un
éclat impoli ; et portant avec vivacité
son mouchoir à sa bouche , il toussa
fortement : ce qui valait mieux que
rire. Sir Walter courut à la sonnette,
et ordonna un verre d'eau ; mais ce
qui fit plus d'effet dans ce moment ,
fut le silence de la virtuose. Le comte
se crut cependant obligé à un compliment ; mais, voulant parler, la toux
recommençait : il se vit donc contraint de se borner à saluer le plus
gracieusement possible l'élégante
musicienne ; néanmoins, ce qu'il y
avait à dire sur l'exécution différente
des deux chanteuses était si opposé,
que la conversation en souffrait : sir
Walter le remarquant, proposa de
faire un tour de promenade, et on
parla de toute autre chose que de
musique.

Le temps ne servit qu'à confirmer

miss Mandeville dans la vénération
qu'elle croyait due à un homme si
rare. Elle ne lui voyait que des manières élégantes, il lui paraissait honorable, sage et profond dans ses
sentimens. Elle s'aperçut avec un
égal plaisir que le héros n'était pas
ennemi de la gaîté, et qu'il se mê-
lait volontiers à ce qu'on appelle la
conversation des dames. Mais si le
grand Alcide déposait aux pieds
d'Omphale sa peau de lion et sa mas-
sue, pour filer avec elle, admirer sa
beauté et l'aider à critiquer ses rivales, celles-ci n'en étaient pas pour
cela oubliées. On pouvait lui comparer notre héros, que rien n'eût fait
déroger à la dignité principale de son
caractère. Miss Mandeville ne trouvait pas mauvais qu'il s'adressât plus
souvent à lady Makintosh qu'à elle,
et qu'il lui marquât de grandes atten-

ons. Il savait employer à propos la
alanterie en usage dans la société ;
ais il ne s'exposait pas à être im-
oli pour vouloir se montrer sincère.
ans doute il avait reconnu toutes les
iblesses de la veuve , mais il n'en
rofitait point pour la rendre ridi-
ule aux yeux des autres : petit talent
rt bien connu de nos jours par les
pigramatistes, sans cesse en activité.
'esprit brillant de lord Avondel
'avait pas besoin de recourir à la
échanceté pour paraître avec avan-
ge. Il regardait l'ironie et l'affecta-
on avec la pitié d'une ame supé-
ieure , et dédaignait de se servir de
ascendant que lui donnait son mé-
ite, pour dominer orgueilleusement
ur les autres. Emilie crut valoir da-
antage après avoir passé une quin-
aine dans la société d'un pareil
omme. Cependant elle ne pouvait

se flatter d'en avoir reçu des marques d'intérêt différentes de celles qu'il eût témoignées à une femme plus âgée ou au-dessous d'elle en agrémens et en fortune. Cela l'étonnait bien un peu; et sans désirer précisément qu'il lui montrât une distinction particulière, elle eût voulu être mieux instruite sur ce qu'il pensait de son caractère. Mais, se disait-elle, qu'ai-je à lui demander de plus? Serais-je assez vaine pour croire que lord Avondel doive être épris de mes faibles attraits? Celui qui a vécu dans les cours, qui a connu tout ce qu'il y a d'enchanteur au monde, aurait-il résisté à mille charmes séducteurs, aux tentations que lui offraient les plus rares beautés, pour oublier son indifférence auprès d'une pauvre campagnarde aussi dépourvue de mérite que moi? Pourrait-il aimer

e sotte , qui le devient encore da-
ntage en s'efforçant de se rendre
nable , et qui s'expose au ridicule ,
and (excitée par un sentiment de
éférence bien louable , à ce que je
is) elle cherche à obtenir le suf-
ge d'un homme si fort au-dessus
lle ? Lord Avondel, à la vérité,
paraît pas rire de moi, et je le
is à sa grande politesse ; mais aussi
-il certain que ma société lui
ne moins d'ennui que celle de lady
ckintosh ? »

Ces pensées et d'autres semblables
ient sans cesse mêlées avec les
orts que faisait miss Mandeville
ur inspirer au comte une idée u
u flatteuse de sa personne : celle
sir Walter étaient d'un genre dif
ent. Il observait son ami, il étu
ait les manières qu'il avait avec s
ce ; il y voyait si clairement de

symptômes d'amour, qu'il ne dése-
pérait plus d'unir avec l'héritière d
tous ses biens celui qui lui avait sauv
la vie. Le respectable vétéran con
naissait si bien ce que la galanteri
prescrit à un homme ordinaire, e
qui sait vivre, que l'usage qu'il er
voyait faire lui eût semblé suffisan
pour obtenir une souveraine. Le lecteur vondra bien se rappeler que je
parle de ces temps anciens où la
beauté n'avait pas encore appris à se
conformer à la nonchalance aisée de
ceux qui croient l'honorer infiniment
en l'élevant jusqu'à eux.

Alors les femmes qui avaient du caractère et qui savaient s'estimer, ne
souffraient pas que ces sultans les
abordassent, en se servant d'un langage fait pour un *harem*. C'est depuis
cette époque qu'un virtuose admis
familièrement chez une grande dame,

y parle de ses conquêtes et des succès qu'il a eus auprès de ses pareilles. Une femme alors n'aurait pas envoyé ses complimens à la *chère amie* de son mari, sans avoir une attaque de nerfs; elle eût préféré d'être franche plutôt qu'aimable en pareille circonstance. D'après ces vieilles coutumes, assez suivies par lord Avondel, on ne le voyait point déranger un siége pour le présenter à une dame, dans la crainte qu'elle ne vît pas celui qui était auprès d'elle ; il ne se serait pas chargé de porter le cachemire ou le petit chien, et ne se serait pas appuyé sur des épaules nues, pour prononcer quelques légers monosyllabes de galanterie à une moderne Vénus. Mais cependant il montrait assez d'attentions et même de tendresse à Emilie, pour convaincre son oncle que la simple fille avait captivé le héros.

Comme sir Walter n'avait pas
formé sa tactique militaire d'après le
système de Fabius, il n'est pas surpre-
nant qu'il fît marcher ses arrangemens
domestiques avec vîtesse. Il ne se fut
pas plutôt persuadé que lord Avondel aimait autant qu'il est permis à
un homme de bon sens d'aimer, qu'il
chercha à savoir si sa nièce était disposée à user avec lui de tous les ma-
néges capricieux des femmes. Il s'é-
tait aperçu de la préférence que la
jeune personne paraissait donner au
comte, et il rendait assez de justice
à sa pénétration pour croire que cette
prédilection devait plutôt augmenter
que changer. La difficulté était de
lire tout-à-fait dans son cœur, et le
bon Walter ne croyait pas manquer
de délicatesse en arrachant un secret
qu'il est toujours difficile d'obtenir
d'une femme. Le caractère de miss

Mandeville était franc et généreux ; elle avait une tendresse de sentiment bien sincère, et n'était seulement que trop timide, défaut qu'elle devait à son inexpérience et à sa grande modestie. Il ne fallait pas béaucoup d'adresse pour surprendre le secret d'un cœur ainsi façonné, sur-tout lorsque sir Walter lui eut dit qu'il était bien sûr que lord Avondel l'admirait, et que le voir son époux était le plus ardent de ses souhaits. Emilie laissait alors tomber sa tête sur l'épaule de son oncle, et, pleurant de surprise et de joie, elle exprimait ses craintes de ne jamais mériter un pareil bonheur, puis avouait que le sien dépendait de passer sa vie avec le comte Avondel : ensuite rougissant de ce qu'elle venait de dire, elle priait son oncle de ne pas la faire mourir de chagrin, en découvrant à son ami l'aveu qu'il venait de lui arracher ; promesse que sir Walter fit de bon cœur : après quoi ils se séparèrent fort contens l'un de l'autre.

CHAPITRE V.

Le fils de Cypris entre en scène, et joue de
ses tours selon sa coutume.

Quoique sir Walter fût décidé à
garder le secret d'Emilie, il ne crut
pas lui nuire en cherchant à pénétrer
plus avant dans les sentimens qu'il
croyait que le comte commençait à
ressentir pour elle. Un amant circons-
pect pouvait avoir besoin d'être excité à parler, lorsque la délicatesse
le retenait : il trouva bientôt l'occasion de le forcer à s'expliquer
d'une manière serrée. Un beau matin
que les deux guerriers étaient assis
dans un salon donnant au midi, et
qu'ils jouissaient d'un soleil brillant
pendant une gelée de mars, le baronet
entama ainsi la conversation : « Mi-

lord, ce n'est pas pour vous faire un compliment, mais vous paraissez avoir dix ans de moins depuis que vous êtes avec nous. » — Ma santé, répondit le comte, est beaucoup améliorée, il est vrai, grace aux soins que l'on prend de moi ici, où je trouve une grande tranquillité, des eaux salutaires et point de médecin : je crois aussi que le régime introduit par votre aimable Emilie m'est aussi bon qu'à vous. »

Votre aimable Emilie! bien, fort bien, pensa sir Walter. J'espère, dit-il tout haut, que notre société ne vous déplaît pas? vous paraissez vous y habituer. Dame! on jouit d'une liberté entière dans mon château : cependant j'observe qu'ayant toute facilité de suivre vos goûts pour la méditation, de vous promener seul où il vous plaît, vous êtes le plus souvent avec les

dames. Venez donc me dire après cela
que vous voulez vivre en ermite dans
vos terres, tandis que vous êtes plus
fait pour la société que qui que ce soit
dans le monde : je vous l'ai toujours
dit, moi qui ne suis qu'une bête, que
le monde était votre élément ! »

« Offrez-moi partout une société
comme celle dont je jouis au château
de Mandeville, et je serai de votre
avis. »

« Eh mais! il ne tient qu'à vous d'en
jouir à jamais ; je m'y prêterai bien
volontiers, si cela peut vous rendre
heureux. »

Lord Avondel soupira et garda le
silence.

« Sur mon ame, milord, continua
son obligeant ami, je voudrais que
ce château vous appartînt; et si je
pouvais vous regarder comme mon
héritier, ce serait voir réaliser un

désir que j'ai depuis long - temps. Cher comte, vous m'avez sauvé la vie : puisque les moyens de reconnaître un pareil service sont entre mes mains, il faut absolument que vous consentiez à recevoir le prix dû à votre courage. »

« Sir Mandeville, pensez-vous à ce que vous dites ? »

« Oui, oui, j'y pense très-fort, et je n'y vois aucun obstacle. »

« Mon généreux ami, je n'affecterai point de ne pas vous comprendre ; mais comme vous êtes un homme de sens et de principe, vous renoncerez à ce projet de gratitude : il n'est pas digne de vous sous tous les rapports. Le moindre soldat qui se fût trouvé à ma place lorsque votre vie était menacée, eût agi comme moi ; et vous voulez pour cela forcer une demoiselle charmante à être la

récompense du service que je vous
ai rendu, et à se sacrifier à la reconnaissance beaucoup trop grande que
vous croyez me devoir! »

« Sacrifier! Avondel?

« Sans doute. Ne vous souvient-il
pas de ce que je vous ai dit? Jugez,
d'après ce, si vous pouvez avoir
raison. »

« Mais si la *charmante demoiselle*
voit les choses différemment ? »

« Paix, je n'en veux rien savoir.
Si j'étais assez fat pour croire qu'il
fût possible qu'elle s'intéressât en ma
faveur, je quitterais votre château à
la minute. J'aurais trop à rougir de
profiter et de votre générosité romanesque, et de l'inexpérience d'une
jeune héritière. Jamais je ne donnerai à mes ennemis le droit de dire
qu'ayant tenté en vain de réussir
dans le chemin de l'ambition, j'ai

cherché dans la sensibilité d'une
femme un moyen plus sûr de parvenir à l'opulence, sur-tout quand
celle qui tient le rameau d'or n'a que
vingt-ans.

« Voilà un beau langage, en vérité, dit sir Walter en frappant du
pied avec humeur. Eh bien ! gardez
donc vos sentimens si fiers ; soyez
pauvre, malheureux, pour plaire à
un monde qui, si vous étiez riche et
brillant, se mettrait à vos pieds :
mais, monsieur le désintéressé, je
voudrais bien savoir ce que vous trou-
vez à redire dans mon Emilie ? »

« Rien du tout. Mais, entre nous,
n'aurait-elle pas mille objections à
faire contre ma personne. »

» Si ! si je vous disais.... supposons qu'elle n'en fasse pas, d'objections ? »

« Je vous demande en grace, mon

ami, de laisser ce sujet. Sa retenue ;
sa gravité avec moi me prouvent
qu'elle est fort loin de m'accorder son
amour, et la différence de nos âges,
de nos habitudes rend impossible la
supposition que je sois jamais ho-
noré de son choix. Je comprends fort
bien votre dessein, mon ami ; et ce
ne serait que par une déférence entière à vos volontés que miss Mandeville y consentirait. Vous la rendriez,
de la sorte, victime de votre reconnaissance. Elle est d'un prix auquel des
hommes de mon rang et plus heureux que moi voudront toujours
prétendre ; mais, j'en jure par l'honneur sans tache d'un soldat, je l'ai
regardée jusqu'à ce jour avec une
affection aussi pure que si elle eût
été ma fille. Je n'ai cherché, ni a séduire son jugement, ni à enflammer
sa pensée. Je n'ai, ni déguisé mes dé-

fauts, ni encensé ses charmes. Je ne
me suis jamais demandé s'il se pourrait que ses richesses effaçassent ma
pauvreté, et si sa douce compassion
serait propre à cicatriser les plaies de
mon cœur. Je l'ai considérée comme
une étrangère à laquelle ses avantages mêmes me défendaient de prétendre, et avec laquelle il ne m'était
pas permis de former d'autre lien que
celui de l'amitié ; et mes souhaits
pour son bonheur sont aussi dé-
pouillés de tout intérêt personnel
que les vôtres. Je le répète, ses héri-
tages seraient - ils triplés, je ne re-
noncerais pas à l'intégrité de mes
sentimens, pour concevoir la pensée
dégradante de profiter du bien-être
que vous m'offrez. »

Sir Walter, qui sentait une sorte
d'indignation pour ce qu'il appelait
refuser sa main, fut adouci par cette

apologie du comte, et, lui tendant la main d'un air amical, il s'écria : « Vous êtes le plus noble des hommes, Avondel; cependant j'ai un grand regret de ne pouvoir rien faire de vous. »

« Vous ferez de moi toute autre chose qu'un égoïste présomptueux, qui se persuaderait qu'une jeune et jolie personne est devenue amoureuse de sa figure blême et de son air austère. Maintenant, si j'ai pu vous convaincre, que ce n'est pas l'opinion versatile du monde, mais les reproches de mon cœur que je crains, je donnerai contr'ordre pour mon départ, qui allait avoir lieu de suite, pour me soustraire à vos instances mille fois trop généreuses et entièrement déplacées. »

Après cette conversation, les deux amis se séparèrent. Sir Walter fut

absolument déconcerté de voir que
son projet favori échouerait devant
des objections, qui, formées par
tout autre que lord Avondel, ne lui
eussent semblé qu'un profond artifice. Néanmoins le comte se décida à
saisir la première occasion pour quitter le château.

La gravité qu'Emilie crut remarquer dans les deux messieurs, l'in-
quiéta. Elle voyait que son oncle perdait de sa belle humeur, il trouvait
tout mal; le dîner ne valait rien, le
vin sentait le bouchon. Il gronda son
maître d'hôtel, et chassa son vieil
épagneul du coin du feu, sa place
habituelle. Avondel ne disait rien, ou
paraissait distrait, ou bien il adressait la parole à lady Mackintosh sur
des lieux communs : enfin, le sérieux
le plus complet paraissait s'emparer
de la petite société du château. Mon

oncle m'a trahie, pensa Emilie, et le comte me dédaigne ; je ne survivrai pas à cet affront. Elle saisit l'instant d'être seule avec lui, pour demander s'il ne s'était rien passé entre lui et lord Avondel. Sir Walter répondit d'abord : « Non, rien sur l'affaire en question. » Une minute après il lui avoua qu'il avait voulu découvrir ce qu'il pensait, mais qu'il n'en avait rien pu tirer de satisfaisant.

Que votre amitié m'aura été cruelle ! dit Emilie. Ah ! si le comte se croit quelque droit de me mépriser, je veux le fuir, je veux fuir le monde à jamais. Mon oncle, vous m'avez exposée à ses mépris...... O mon Dieu, mon Dieu ! que je suis malheureuse ! »

« Quel diable a cette petite sotte, avec ses mépris ? Allons, apaisezvous ; milord vous estime comme il

le doit, et pense même très-bien de
de vous. »

« O que je crains le contraire!
Fier et désintéressé comme il l'est,
il ne fallait pas lui proposer de me
prendre pour femme. »

« Bah, bah! s'il n'était pas si entêté,
on le persuaderait facilement. »

« Mais j'espère, du moins, mon
oncle, que d'après ce qu'il vous aura
dit, vous ne vous serez pas permis
d'insister.... Vous ne lui avez pas
fait connaître mes sentimens en sa
faveur » ?

Le baronet se fâcha. « Pour qui donc
me prenez-vous, ma nièce? Croyez-
vous que je ne sache pas ce que c'est
que la prudence et allez-vous me donner de l'humeur, à votre tour? Peste
soit de vous et du comte! C'est à qui
va me tourmenter maintenant; au
surplus, ce n'est pas moi qui suis à

marier, et je n'ai envie de forcer
l'inclination de personne : ainsi, ar-
rangez-vous. Lord Avondel vous aimerait assez, mais il ne veut pas vous
épouser : voilà l'affaire. »

« Mais, je vous en prie, mon oncle,
dites-moi si vous avez donné lieu à
milord de soupçonner mon estime
particulière pour sa personne. »

« Si je l'avais fait, j'aurais eu grand
tort et je m'avouerais coupable. Au
reste, il prétend que s'il vous épou-
sait, on dirait dans le monde que
c'est pour votre fortune ; que vous
trouverez mille partis qui vous
conviendront bien mieux que lui;
enfin il se sert de raisons toutes
aussi sottes les unes que les autres. »

Si Walter s'arrêta, et reprit ainsi
peu après : « C'est, malgré tout, un
homme qui pense bien. » Emilie fut
piquée de cette réflexion , elle en

versa des larmes. Son oncle partagea sa sensibilité, et il l'embrassa
avec tendresse. Cependant, son humeur n'en fut pas plus douce ; car
il était comme certaines gens qui
croient que se fâcher c'est répondre à
tout. Pour la consoler, il lui dit qu'elle
avait eu tort de s'amouracher d'un
homme aussi indifférent et aussi rai-
sonneur ; puis il finit sa phrase en se
plaignant de sa position, qui le tenait
en tiers avec deux des plus singuliers
êtres du monde ; toujours en conve-
nant du mérite parfait de son ami,
et qui justifiait bien l'attachement
prématuré d'Emilie.

« Si, se dit-elle étant seule, mon
amour est ignoré de l'objet qui
l'inspire, ou si son ame est assez
grande pour ne pas accuser la vénération que je sens pour lui, non seulement je supporterai ses refus avec

résignation, mais je m'enorgueille-
rai de ma préférence pour lui, que je
conserverai toujours. Ma tante peut
bien être tranquille maintenant sur les
dangers du monde qu'elle redoutait
tant pour moi, elle n'a pas besoin de
craindre les séductions perfides des
hommes. Le cœur qui est dévoué à
Avondel est à l'abri de tous dangers
Il peut bien, d'après ses principes
si stricts de délicatesse, refuser de
partager ma fortune, mais il n'empêchera pas que je ne lui sois unie de
cœur et de pensée. »

Alors Emilie Mandeville chercha à
découvrir ce qui pouvait être plus propre à répondre au rare désintéressement du comte, et se conduisit envers
lui avec plus de réserve et de dignité
qu'elle n'en avait encore montré ;
mais quoique sans expérience en
amour, son cœur lui dit que sa

conduite était précisément celle
que tenait le plus souvent l'être
bien épris : ce n'était donc pas un
déguisement. Elle voulut ensuite
jouer l'insouciante : elle affecta une
grande gaîté, et contrefit l'étourdie
auprès des hommes qui venaient au
château. Hélas ! miss Mandeville ne
soutenait qu'avec peine un rôle qui
finissait toujours par des pleurs. De
plus, elle tremblait de ne pouvoir
en imposer à un homme de la pénétration du comte. Devait - elle
s'exposer à se dégrader à ses yeux
en jouant la coquette, et à perdre
son estime, parce qu'il ne devenait
pas tendre ? Non, Emilie n'avait
besoin que de s'en rapporter à la
nature, et si elle n'inspirait pas de
l'amour à lord Avondel, il ne fallait
pas s'en faire mépriser.

Les choses restèrent dans cet état

pendant quelques jours, qu'il survint très-heureusement plus de compagnie au château que de coutume ; ce qui apporta de la distraction aux pensées pénibles d'Emilie. Elle en prit aussi occasion d'observer la conduite de lord Avondel envers la la société, et vit qu'elle n'était pas moins régulière qu'elle l'avait été jusqu'alors. Si quelqu'un d'instruit, de poli, de sage, se trouvait en contact avec lui, il était plus savant encore, plus raisonnable, plus désintéressé, plus bienveillant. Il m'a refusée, disait Emilie, mais c'est toujours le *premier et le meilleur des hommes.*

La petite société était un soir assise autour du feu, et causait d'une visite qu'on avait faite dans la soirée, quand lady Mackintosh demanda subitement à lord Avondel ce qu'il pensait de l'un de ceux qu'ils venaient de voir, et n'étant pas satisfaite de sa réponse, elle voulut savoir s'il lui croyait de l'esprit.

« Certainement, dit le comte, car il est discret et sait fort bien juger son monde. »

Et votre Seigneurie a-t-elle remarqué ce qu'il disait sur le moyen de réparer les torts de la fortune ? »

« Non, Madame, et je suis fâché que quelque distraction m'ait empêché de l'entendre, car j'en aurais fait mon profit. »

« Eh bien! moi qui l'ai entendu, je vais vous le répéter. Il prétend que, quand un homme a à se plaindre de l'ingratitude et de l'injustice de son sexe, il doit s'en venger sur l'autre ; qu'il n'y a rien de mieux pour cela que de se marier *par spéculation.* » Cette remarque était assez intelligible pour tous ; mais lady Mackintosh crut devoir se tourner, en ce moment, du côté d'Emilie pour la rendre plus claire.

Pour cette fois lord Avondel se trouva fort embarrassé. Il avait déjà connaissance de la méchanceté de la veuve ; mais cette effronterie à laquelle il ne s'attendait pas, excita son ressentiment autant que sa surprise. Il eut la discrétion de ne pas regarder Emilie, qui était devenue excessivement rouge, puis très-pâle ensuite, et il lança un coup - d'œil d'indignation très - prononcé à lady Mackintosh.

« Et ne nomma-t-il pas l'heureuse étoile qui devait conduire un aspirant timide au succès le plus prompt ? »

« Il l'a laissé à deviner à la personne à qui l'avis était adressé.

« Oh ! je suis persuadé qu'il connaît parfaitement l'histoire de la Matrone d'Éphèse. Je vous charge, Madame, de lui en faire mon compliment bien sincère, et aussi de le remercier de ma part. »

Lady Mackintosh fit un éclat de rire forcé, pour cacher la colère que lui donnait la plaisanterie du comte, et dit à Emilie : Chère petite, vous ne paraissez pas non plus aimer que l'on badine ? »

« Sans doute, dit le lord en évitant toujours de regarder la jeune personne, que miss Mandeville ne juge pas à propos d'employer sa gaîté à répondre aux saillies étranges de votre imagination, Madame; mais, je comprends fort bien pourquoi vous m'en rendez l'objet. Ce matin je vous avais promis des couplets, et vous usez de ce moyen pour m'engager à payer ma dette :

je vais vous satisfaire bien vîte , afin de ne plus exciter votre malice. » La harpe d'Emilie était dans la chambre, le comte la prit , et préluda avec tout le feu d'un ménestrel , puis il chanta ces strophes :

Femmes qui cherchez un captif
Digne de votre aimable empire,
Du ménestrel au chant plaintif
Ecoutez soupirer la lyre :
Jamais d'un langage trompeur
Il n'a su nuire à votre cœur.

« Belle , veux-tu te faire aimer
« Par ami sûr, toute ta vie ?
« Garde-toi bien de l'alarmer
« Par l'artifice ou la folie;
« Mais que toujours plein de candeur
« Se montre à lui ton tendre cœur.

« Aurais-tu l'or, les diamans
« Et tous les trésors de Golconde ,
« Viendrais-tu des plus hauts parens,
« Belle , serais-tu seule au monde :
« Si tu ne suis chemin d'honneur,
« C'est peu de chose que ton cœur.

« Elle triomphera toujours
« Celle qui sans art sait nous plaire;
« Dans les bois on prend tous les jours
« Le lilas suave et solitaire,
« Pour orner le riant séjour
« De la gloire et du tendre amour. »

Lord Avondel se leva, salua Emilie, et sentant que la même politesse devait être adressée à lady Mackintosh, il s'inclina vers elle, et sortit. Emilie ne pouvait parler, tant elle était émue par le chant du comte; et la veuve, devenue furieuse, se serait bien gardée de se joindre aux éloges que sir Walter y donnait.

Ce soir-là, les réflexions de miss Mandeville furent plus douces que de coutume. Sensible à la manière dont Avondel avait répondu à la plaisanterie déplacée de lady Mackintosh, elle l'avait trouvée aussi vive et aussi généreuse que si c'eût été l'amour qui l'eût inspirée. Sure-

ment pensait-elle, il n'est pas toute
indifférence pour moi : si ce n'avait
été que son intérêt seul, ou la bienséance qui l'eût engagé à prendre
mon parti contre cette méchante
femme, pourquoi faire une allusion
directe à ma personne? Non, lord
Avondel n'est pas flatteur, ni n'a
l'amour-propre excessif de son sexe;
je puis donc croire que ce qu'il connaît de mon caractère ne lui déplaît
pas. Sans doute, il veut m'éprouver
avant que de m'honorer de sa confiance, et c'est à moi à lui montrer
que je puis être aussi prudente que
j'ai été précipitée. Si dans le secret,
j'aspire à modeler ma conduite sur
la supériorité de son excellence, il
doit m'aimer comme la copie de
lui-même : cela sera, s'il tient de l'espèce humaine. Mais la difficulté est
de gagner un cœur invulnérable à

la tentation. Comment surprendre
un cœur qui n'est ni vain ni égoïste ?

Les petits calculs d'Emilie n'é-
taient pas très-sûrs, cependant ils
servirent à lui donner quelqu'espérance, et le lendemain matin elle
aborda le comte avec plus d'aisance
que de coutume. Lui au contraire se
montra plus réservé. Lady Mackintosh se rappela qu'elle avait été battue
la veille, et résolut d'attaquer son ennemi à l'instant où il semblait moins
disposé à lui disputer la victoire.

« J'aime à croire milord, dit-elle
en lui présentant une tasse de cho-
colat, que vous ne vous êtes pas res-
senti de votre fatigue d'hier soir, et que
vous avez bien reposé. Vous aviez
terminé la journée très-agréable-
ment pour nous, en chantant des
prétendus couplets du menestrel,
qui n'étaient, je crois bien, que de

votre composition pour la musique et les paroles. »

« Je n'ai fait que chanter la traduction d'une des canzonetto de lady Pauline Monthermer, Madame. »

« Tout de bon ! on eût vraiment dit à l'expression de votre chant, et aux regards dont il était accompagné, que vous improvisiez. »

« Je rendrai la justice à l'auteur de dire que je suis loin de donner à sa composition moitié du mérite qu'elle recevait de sa voix harmonieuse, quand elle chanta ces paroles en impromptu à une soirée chez la marquise de Cagliari. »

« Eh mon dieu, c'est donc une femme bien extraordinaire ? »

« C'est une improvisatrice italienne, Madame, qui possède le plus grand talent comme amateur. Elle fait les délices de ses amis. Son père était

un seigneur florentin, et elle est
aujourd'hui l'épouse du général Monthermer, chef du département de la
guerre, et membre du conseil su-
prême à l'établissement dont j'étais
gouverneur dans l'Inde. »

« C'est sans doute une femme
jeune et belle ! »

« Elle paraît encore l'un et l'autre,
Madame. Sa mère était grecque, et
les traits de Pauline ainsi que sa
personne offrent ces formes exactes
qui inspirèrent le ciseau de Phidias et
le pinceau d'Appelles. »

« Certes, milord, voilà une beauté
accomplie. »

« Au plus haut degré, Madame, et
maîtresse en tout point dans l'art de
plaire. »

« En ce cas, je plains fort le pauvre général Monthermer ; car une
pareille merveille doit être difficile

à conserver. Mais nous autres, femmes anglaises, ne devons pas être
flattées d'entendre affirmer une supériorité si absolue dans une étrangère. »

Le comte dit qu'il s'en rapportait
à miss Mandeville, si ce qu'il disait
d'une autre devait offenser les dames
de haut mérite de sa nation.

Emilie répondit que le jugement
de milord suffisait, étant vrai connaisseur de ce qui est bien. « Si,
ajoute-t-elle, on pouvait juger lady
Pauline d'après ses sentimens, elle
aurait droit, sans doute, à des éloges
plus précieux que ceux que vous
donnez à sa beauté et à ses talens. »

Le déjeûner étant fini, Emilie se
leva pour se retirer. Avondel prit sa
main qu'il porta à ses lèvres, et la
remercia gravement et avec respect
de tous les soins qu'elle avait bien

voulu prendre de lui. Que voulait
dire cette conduite extraordinaire?
Confuse et silencieuse, elle suivit
lady Mackintosh qui avait déjà quitté
la salle.

« J'ai un devoir pénible à remplir,
mon ami, dit le comte à sir Walter,
lorsque les dames furent loin; c'est
en vous remerciant de votre trop aimable hospitalité et en vous faisant
mes adieux. »

« Quoi! dit le baronnet! vous ne
partez pas? C'est impossible.

« Ma voiture m'attend à la grille.
Je n'ai pas voulu vous importuner
de mes apprêts de départ que j'ai
faits à votre insçu. Quand je vous
dirai que la nécessité impérieuse
m'éloigne de vous, et que je vous
assurerai avec toute la sincérité possible que mon séjour chez vous m'a
procuré un bonheur que je n'avais

connu de long-temps, vous me répondrez, allez, et faites ce qu'il vous
plaira. »

« Sont-ce les affaires publiques ou
les vôtres particulières qui vous en-
lèvent à nous ?

» L'un et l'autre. J'ai reçu des dépêches ministérielles hier soir ; ainsi,
mon ami, ne me retenez plus. »

» Mais quand reviendrez-vous ?

» Cela dépendra des circonstances
que je ne puis commander ; mes
affaires à Avon - Parc demandent
ma présence, et je ne sais quand elles
me laisseront libres. »

Sir Walter réfléchit un instant, et
dit ensuite, « que vais-je faire de ma
bonne petite Emilie ? » Quoiqu'il
prononça ces paroles involontaire-
ment et sans y penser, lord Avondel
en prit occasion de lui représenter
le tort qu'il se donnait envers cette
demoiselle.

« Elle sera, dit-il, une de plus riches héritières du royaume, et la
voici arrivée à l'âge où il faut lui
procurer un établissement conve-
ble : c'est pourquoi vous ne devez
plus la tenir éloignée d'un monde
où elle doit briller un jour. »

« Eh mais ! ne la laissai-je pas aller
par-tout, demanda le baronnet. Les
Mandevilles ont toujours vécu grandement et je tiens maison ouverte. Je
donne à dîner à tous les chasseurs
des environs, et invite continuel-
lement des officiers de ma connaissance. Nos visites s'étendent à vingt
milles à la ronde, et Emilie va à tous
les concerts, les courses et les bals
qui ont lieu, tant que mes quatre chevaux peuvent la traîner. A vous dire
vrai, une des raisons qui m'ont engagé à inviter lady Mackintosh à demeurer chez moi, c'est parce qu'elle

jouit d'une bonne santé, et qu'elle
ne craint pas comme moi de revenir
la nuit au risque de se casser le cou
au clair de lune dans nos monta-
gnes. »

Lord Avondel sourit. « Transplan-
tez votre belle pupille à Londres,
dit-il, c'est la sphère dans laquelle
une héritière de deux familles illustres doit se montrer ; j'ajouterai à
cela que vous ferez très-bien de la
laisser briller sans le secours de son
satellite. »

« Pourquoi, lady Mackintosh connaît le monde ?

» Le monde est un mot vague, mon
bon ami, qui souvent nous circons-
crit dans d'étroites limites. D'après
ce, je suis perduadé que celui
que connaît lady Mackintosh, n'of-
frirait pas beaucoup d'attraits à votre
bonne petite Emilie. »

« Je crois m'être aperçu, dit sir
Walter, que cette dame et vous
n'êtes guères d'accord dans vos opinions.

« Nous avons vécu dans des cer-
cles différens, reprit froidement
le comte ; mais laissons cela pour
nous occuper d'un sujet plus intéressant, du bonheur de miss Mandeville. »

« Pouff! Avondel, cela ne peut
pas vous intéresser, ou vous auriez
changé de pensée.

« Sir Walter, répliqua le comte,
ne regarderiez-vous pas comme ab-
surde de persuader à votre nièce de
signer un acte qui lui ôterait la liberté
de sa fortune sans lui avoir démontré
auparavant les conséquences qui peuvent en résulter ? Il serait encore
plus cruel de l'entraîner dans un
lien indissoluble avant qu'elle ait

connu jusqu'où elle peut porter ses
prétentions, ou qu'elle ait pu choisir,
entre plusieurs prétendans. Un gentilhomme campagnard vivant dans
la débauche, ou un aventurier en
habit rouge, également empressés
d'accepter vos acres, ne peuvent
offrir à votre nièce un cœur digne
d'elle ; même un homme comme moi
s'opposant à de tels rivaux, ne méri-
terait pas la préférence. Faites-lui
voir des hommes de rang et de bon
ton , dont l'âge et la fortune lui
conviennent davantage , et laissez
la juger de la différence. Quant
à un chaperon , il faut le lui
choisir dans une femme qui soit
prudente et discrette, et non dans un
mannequin sous la forme d'une
protectrice. La veuve de notre général, le marquis de Glenvorne, est
la dame propre à devenir une véri-

table amie , et un conseiller sûr
pour miss Mandeville. Je l'ai connue
à Florence , ainsi que son fils. Vous
n'avez besoin que de vous annoncer
pour être reçu chez elle , et votre
aimable Emilie obtiendra bien vîte
son amilié.

« Mais elle est ma voisine ; nos
terres se touchent, dit le baronnet. »

» Vraiment, reprit Avondel ? Il
supprima un soupir, et dit : cela est
heureux, car elle a un fils charmant
et de beaucoup de mérite. »

Sir Walter réfléchit alors à la figure qu'il ferait dans les sociétés de
Londres.Il souhaitait que quelque motif lui fît trouver ce séjour supportable , et il demanda à lord Avondel si
on le verrait dans cette capitale.

« Il n'y a rien de plus incertain
que ma destination , répondit le
comte. Allons, de la gaieté, mon

brave vétéran ; celui qui marche
droit son chemin ne doit pas craindre
le ridicule ; vous n'avez pas reculé
devant les balles et les boulets ; vous
avez foudroyé les camps et les
places fortes, et vous craindriez les
dards de l'ironie, ou vous vous épou-
vanteriez des plaisanteries malignes
d'une veuve à prétention qui vous
lorgnerait en gagnant votre argent à
une partie de wist? »

« Je me souviens, dit sir Walter,
en répondant à la plaisanterie de son
ami, du temps où cette marquise de
Glenvorne dont vous parlez, disait
à des dames de ses amies, que si je
voulais, je pourrais faire un très-
aimable homme. »

« Je le crois bien mon cher, mais
aujourd'hui il serait trop tard pour
nous deux d'y penser ; ainsi restons
tels que nous sommes. » Il soupira

profondément après ces mots, et
tendant la main à son ami, il dit
avec sentiment : « adieu. Puisse le
soleil de miss Mandeville s'élever
sur les plus heureux auspices, et le
vôtre reposer avec tranquillité. »

« Vous nous quittez donc décidé-
ment? attendez du moins que j'ap-
pèle Emilie. »

« J'ai pris congé d'elle, répondit
le comte, et il vola à sa voiture. »

Ce départ subit étonna tout le
monde, et amena une véritable tristesse au château. Miss Mandeville en y trouvant la fin de ses
espérances, y reconnut aussi combien son sentiment pour le fu-
gitif était réel. Ses avis en partant
dont le baronnet lui fit part avec
sa franchise accoutumée, l'élevait
dans son esprit à un degré qui tenait de l'idolatrie. Elle ne pouvait

croire ni soubaiter que son attachement fut plus long-temps un secret
pour celui qui en était l'objet ; car
son amour-propre était en sûreté
avec un pareil homme. L'adresse
avec laquelle il avait évité un adieu
dans les formes, qui eût rendu sa
partialité plus visible, l'intérêt qu'il
exprimait pour son bonheur, ce soin
qu'il avait pris pour le préserver des
inconvéniens qui accompagnent l'i-
nexpérience du monde, en l'adres-
sant à une femme aussi considérée
et aussi aimable que la marquise de
Glenvorne, tout lui prouvait tant
de désintéressement et de magnanimité, qu'elle eût presque souhaité
que les sentimens secrets de son cœur
fussent confiés à sa générosité inouie.
Sans doute, se disait-elle, qu'il fait
une exception à la règle, *que les hommes méprisent une conquête aisée.*

Quoique sa première idée des plaisirs de Londres fût changée en une
grande indifférence pour tous les
lieux où lord Avondel n'était pas,
elle ne dit point à son oncle la répugnance qu'elle sentait pour quitter
Mandeville, et se prépara à exécuter
ce qu'il désirait. Elle le fit avec un
espoir secret que la soumission qu'elle
apportait aux avis de son héros, lui
prouverait le bonheur qu'elle trouvait à faire ses volontés. Elle pensait
quelquefois que peut-être ce voyage
qu'il avait conseillé, n'était que pour
éprouver sa constance, et elle voulait le convaincre que sa félicité fu-
ture était intimement liée à son attachement.

Si quelque chose d'agréable se
mêla encore à l'idée du voyage d'E-
milie, ce fut de se voir délivrée de
la société de lady Mackintosh, qui

s'occupait plus de ses intérêts per-
sonnels que du soin de la détourner
de tout ce qui pouvait lui nuire. Le
tourment qu'elle s'était donné pour
empêcher la jeune dame d'être aussi
bien accueillie chez son oncle, s'é-
tait changé en une profession, du
moins en apparence, de la plus
chaude amitié. Mais elle voyait toujours dans la belle héritière un Hus-
sai venu pour s'opposer aux conseil-
lers d'Achitophel. Les charmes de
la douce amabilité, de la sincère
tendresse ne sont jamais mieux goû-
tés que quand ils paraissent en con-
traste avec des manières outrées. Sir
Walter donna bientôt la préférence
à la gentillesse de sa bonne petite
nièce, sur les empressemens assom-
mans de la veuve ; et cette première
favorite s'apercevant que les choses
changeaient de nature, chercha à at-

tirer sa rivale dans quelque piège, qui lui fît perdre l'estime et la tendresse de son tuteur. C'est ce qui avait fait dire à lord Avondel que les sociétés où l'on conduisait Emilie, ne pouvaient que lui faire connaître des prétendans indignes d'elle. On observera en même temps que miss Mandeville accueillait très-froidement les amis que lady Mackintosh lui présentait, ce qui n'était pas fait pour les encourager, et que rien de ces manèges n'échappait au comte, veillant sans cesse, comme un tendre père ou un véritable ami, sur l'innocence dans toute sa pureté.

Voyant échouer ses projets intéressés de marier sa *chère petite amie* à quelque aventurier, dans l'espoir d'en tirer une récompense proportionnée à l'avantage qu'elle lui procurerait, lady Mackintosh chercha à agir en sens contraire. Elle parut approuver la prédilection visible de la jeune personne pour le comte d'Avondel, et pressa sir Walter d'accomplir une union dont elle espérait encore tirer parti. Cet événement cependant devait diminuer considérablement la moisson dorée qu'elle s'était flattée ci-devant de recueillir un jour; mais elle se promit toutefois, d'empêcher que dans les actes du mariage, sir Walter fît un avantage trop considérable aux époux. C'est pourquoi dans tous ses tête-à-tête avec lui, elle dépeignait pathétiquement les conséquences funestes qui résultaient trop ordinairement de l'abandon généreux et des avantages que faisait un propriétaire de biens à ceux qui venaient après lui, et qui l'empêcherait ensuite d'en disposer selon la bonté de son cœur,

ni d'être en rien maître de sa chose.
On ne sait pas, disait-elle, comment
un mariage tournera. Beaucoup de
gens ne sont pas ce qu'ils paraissent.
Qui peut nous assurer que nous ne
manquerons pas nous-mêmes? Jamais
les oncles et les pères ne sont plus
respectés que quand ils tiennent le
sceptre d'or, ou la clé du coffre fort
en leurs mains.

Le caractère tout-à-fait particulier
du lord Avondel empêchait sir Walter de faire attention à ces sages avis.
Il avait absolument refusé d'ouvrir
ses bras à une charmante fille qui
l'adorait. D'après ce, il était à présumer qu'Emilie ne quitterait jamais
son oncle, et lady Mackintosh sentit
qu'elle devait diriger son artillerie
d'un côté moins gardé ; car elle était
du nombre de ceux qui n'aventu-
rent pas leur vie pour des choses qui

ne leur offrent aucune espérance.

Il arriva qu'en ce moment une dame de sa connaissance attendait son fils, qui, ayant possédé long-temps un emploi lucratif dans les Indes, désirait de jouir de sa fortune en Angleterre en s'y mariant convenablement. Il est bien connu qu'une douairière, qui prétend de nouveau à l'hymen, ressemble à la veuve d'Adisson, dont le goût philantropique lui faisait chercher un mari dans tous les comtés d'Angleterre. Rutilius, Trajan, eussent été les mêmes pour elle, et son cœur aurait volé du soldat au matelot, du propriétaire au marchand. Elle avait entendu dire que l'intention de M. Caddy était de de se marier sitôt son retour dans sa patrie, alors elle prit le parti de ne plus employer ses graces inutilement, ni de faire des frais de toilette ou d'amabilité pour des insensibles.

Le jour du départ de lord Avondel, la dame informa sir Walter du regret qu'elle avait de ne pouvoir ré-
sister plus long-temps aux demandes
réitérées de mistriss Caddy , qui la
priait instamment de venir voir son
cher fils. Le baronnet fut ainsi délivré
de l'embarras de lui apprendre avec
chagrin qu'il allait s'en séparer ,
parce que malheureusement il se
trouvait forcé d'aller passer quelque
temps à Londres avec Emilie , où ses
affaires l'appelaient.

Lady Mackintosh offrit toutefois de
différer sa visite jusqu'à leur retour ,
et de les accompagner à Londres, dont
les médecins lui avaient prescrit l'air
comme propre à rendre l'élasticité à
ses nerfs, qui avaient souffert de sa
douleur et de la retraite. Rien ne
devait lui faire soupçonner que les

Mandevilles trouveraient agréable
de l'avoir en leur compagnie dans
le voyage, mais elle pensait qu'il
serait peut-être indécent de se jeter
ainsi sur le chemin d'un nabad : ainsi
livrée à l'incertitude dans sa conduite, Emilie l'en tira bientôt, en
disant que désormais elle se passerait
de surveillante pour ses actions. D'a-
près ce, les *amies* se séparèrent ; mais
je dois ajouter que lady Mackintosh
donna ainsi sa bénédiction à Emilie,
en partant. « Les conquêtes vous at-
tendent, mon cher amour, et puis-
siez-vous trouver les jasmins moins
impénétrables que les barbes grises.

CHAPITRE VI.

Plus extraordinaire qu'un autre, en ce qu'une
vieille fille perd l'occasion de découvrir un
secret d'amour, faute de curiosité.

Miss Mandeville se ressouvint
que sa correspondance avec sa tante
avait été interrompue par le séjour
de lord Avondel au château, et
voulant la renouveller avant son départ pour Londres : elle lui écrivit
donc aussitôt ce qui suit :

Mandeville, 18 février 1779.

Chère tante,

Notre plan de vie est encore changé.
Sir Walter s'est décidé à me conduire à Londres. Il a fait retenir un
logement dans Berklei - Sqnare, où

nous resterons jusqu'à la fin de mai.
J'espére ensuite obtenir la permis-
sion de passer le reste de l'été à
Lime-Grove.

Nous avons possédé au château
l'être le plus aimable et le plus méritant qui existât jamais, dont je vous
entretiendrai beaucoup lorsque nous
serons ensemble. Si le monde lui res-
semblait, ceux qui l'ont connu ne
parleraient pas autant des dangers
qu'il y a à le fréquenter. Pour moi, qui
n'ai de goût que pour la retraite, je
crois que je serais très-peu faite pour
lutter contre ces dangers inextri-
cables de la vie. L'envie 'ni la méchanceté n'y auraient pas d'attraits
pour mon cœur, et la facilité que
j'ai à donner ma confiance m'y nui-
rait. Je ne sais ce que je supporterais
plus difficilement, ou les sarcasmes
d'autrui, ou mes reproches inté-

rieurs, si je faisais rien de blâma-
ble. Cet exercice perpétuel de mon
esprit, pour me soustraire à la méchanceté ou à ma propre censure,
est fait pour me mettre toute la vie
mal à mon aise avec la société. Je
voudrais que le voyage de Londres
fût déjà bien loin, et me voir encore
sous la protection de mon aimable
tante. Il y a une chose cependant
qui doit vous rassurer, c'est que
mon ame est parfaitement à l'abri
des séductions de l'un et de l'autre
sexe. Ni la présomption des fats, ni
l'exemple des femmes à conduite
irrégulière, n'auront d'empire sur
un cœur qui s'est consacré à chérir
à jamais un sentiment qui fait son
orgueil. J'ai porté mes prétentions
au plus haut, ma chère tante, et
rien maintenant ne peut me séduire.
Celle qui eut le bonheur de parta-

ger votre retraite, d'être témoin
de toutes vos actions, ne craint pas
de vous imiter, en usant son avenir
dans un état nul pour la société. Il
est vrai que je vous ai vue souvent
triste et baignée de pleurs ; mais je
ne puis croire que ce soient ceux
des regrets ou du repentir d'une
conduite imprudente. Je me suis
toujours défendue de vous presser
sur une chose que vous m'avez assurée incommunicable ; avec cela, les
injustices que vous et d'autres hon-
nêtes gens ont éprouvées dans le
monde, ne contribuent pas peu à
me le rendre insupportable.

Mais j'allais oublier le motif qui
me fait vous écrire aujourd'hui.
Dites, chère tante, avez-vous connue
la marquise de Glenvorne ? Je dois
solliciter sa protection pendant mon
séjour à Londres. J'ai pris dernière-

ment un dégoût excessif pour les
chaperons et les amies : je parle de
celles qu'on rencontre communé-
ment ; mais je changerais de pensée
si j'avais le bonheur de trouver le modèle de la tendre parente qui se
chargea d'une pauvre petite orpheline, et à la bonté de laquelle je dois
le peu que je veux, et que je regardais comme une véritable mère.

« Mon oncle reçoit trop de monde
pour s'occuper du soin de perfec-
tionner mes petits talens ; je n'ai fait
que peu de progrès depuis que je suis
avec lui. J'ose cependant vous en-
voyer le seul dessein que j'ai pu ache-
ver depuis long-temps, et je veux en
même - temps vous en expliquer le
sujet. Un *Monsieur* faisait un jonr
l'éloge du lilas que j'aime beaucoup,
et disait qu'il était digne de parer
la couronne d'une gloire. C'était dans

une chanson qu'il s'exprimait de la
sorte ; par conséquent ses paroles
étaient sans le moindre dessein ;
mais comme j'y trouvai quelque singularité, par rapport à la circonstance, l'envie me prit de faire revi-
vre l'idée sous mes crayons, et c'est
ce que je joins à ma lettre. Cependant, chère tante, n'allez pas croire
que la représentation que j'ai faite de la
gloire convienne à ce gentilhomme,
car je vous assure qu'elle est bien inférieure, et lui ressemble fort peu. En
vous destinant ce dessein, tout mal
fait qu'il est, j'ai cherché à y mettre
le plus d'expression possible.

« Ecrivez-moi donc, mon aimable
tante, pour m'apprendre si vous vous
portez mieux, et si vous jouissez d'une
tranquillité parfaite d'esprit. Rappe-
lez-moi au souvenir des deux docteurs, de Wilson, et de toute votre

petite société. Je crains bien qu'ils ne me nomment plus, par la suite, *l'espiègle*, car je deviens tout-à-fait sérieuse, et ce nouveau déplacement m'abat. Il faut pourtant me résigner. La tendresse de mon oncle augmente chaque jour, et je l'aime aussi de tout mon cœur. Cependant, chère et excellente amie, je préférerais encore d'être auprès de vous, à qui je dois ma plus douce reconnaissance comme mon amour. »

VOTRE EMILIE MANDEVILLE.

Il ne fallait pas être sorcier pour deviner que le prisme, à travers duquel la nièce de lady Sidonia regardait le monde, était chargé d'un brouillard élevé par l'audacieux Cupidon; et il devait être également clair, pour cette dernière, que l'hôte intéressant avait un grand rapport avec la

figure de gloire qui, dessinée avec
tout le petit savoir d'Emilie, ne res-
semblait pas assez à lord Avondel,
pour être reconnue par une ancienne
amie. L'inquiétude de lady Sidonia
pour sa chère élève fut néanmoins
beaucoup diminuée en s'apperce-
vant, par sa lettre, combien son jugement s'était accru. Elle entre-
voyait dans l'allusion au lilas, que
son Emilie trouverait peut-être bientôt quelqu'un qui lui rendrait le
monde *supportable*. Elle connaissait
trop sa retenue et sa délicatesse, pour
craindre qu'elle fût jamais exposée
aux dangers d'un mauvais choix.
Lady Sidonia approuvait aussi beaucoup l'intention de sir Walter, pour
introduire sa nièce dans un monde
pour lequel elle était née. C'était
une chose qu'elle avait eu en vue
pendant long-temps, et qu'elle eût

exécutée sans sa mauvaise santé, et
le chagrin profond qui avait fait des
progrès sensibles sur son humeur.
De plus, tant d'années de retraite
l'avaient rendue étrangère à ses connaissances, dont la mort lui avait encore enlevé une partie. Le peu qui
lui en restait n'offrait aucun espoir
d'utilité pour la jeune Emilie pré-
sentée sous ses auspices.

Lady Sidonia savait qu'il n'y a pas
de moyen plus sûr d'affermir un attachement qu'en raisonnant contre;
aussi, ne parla-t-elle pas à sa nièce
de celui qu'elle lui faisait soupçonner, et elle en vint à la complimenter sur sa séparation d'avec lady Mackintosh, dont elle s'était plaint,
comme ayant eu à souffrir de sa curiosité et de son assiduité imperti-
nente. « L'air de Londres, chère enfant, continuait lady Sidonia, est un

vrai antidote contre le spleen qu'on
gagne dans les sociétés insipides
des campagnes, et je suis très-assu-
rée que la marquise de Glenvorne
vous fera bientôt oublier votre dégoût pour *les chaperons*. Vous trouverez en elle une femme du vrai bon
ton. Polie, affable, sage dans ses
principes, solide dans son attachement, et, enfin, telle qu'il vous la
faut pour débuter avec honneur dans
le monde ». Je ne veux pas nier les
avantages du célibat, en déguiser les
inconvéniens, ni en repousser les
devoirs; mais tout nous dit que peu,
très-peu de gens sont faits pour vivre
seuls. A votre âge, Emilie, j'aurais
frémi à l'idée de traverser la vie
inconnue, sans attachement, et par
conséquent sans bonheur! Je remercie la Providence des consolations
dont elle m'a permis de jouir; mais

quelques vifs qu'aient été ces instans
rapides de plaisir; il s'en faut de
tout, que mon partage ait égalé celui
de lady Glenvorne autrefois ma compagne intime; et je souhaiterais dans
la plénitude de mon affection pour
vous, de vous voir un époux qui res-
semblât au marquis, dont la femme
a été parfaitement heureuse.

« Vous n'avez pas tort mon Emilie
d'élever vos prétentions, ainsi que
vous le dites, au plus haut. Si le rang
et la fortune ne sont pas toujours liés
au bonheur, il y a au moins un grand
avantage à être né dans une condition supérieure, en ce qu'elle nous
préserve de tomber dans des fautes
dégradantes pour notre espèce; mais
en même temps que nous sommes
ainsi situés dans la vie, nous aurions
le plus grand tort de nous plaindre
des contrariétés qui s'offrent sur no-

tre chemin, par la raison que mille
autres choses nous dédommagent
amplement des peines légères auxquelles l'humanité est sujette. La fortune de vos ancêtres vous impose
l'obligation d'une vie de bienfaisance,
et votre naissance vous commande
de servir de modèle par la pratique de
toutes les vertus. En faisant choix de
celui qui doit protéger votre sort,
ne tenez pas seulement à avoir un
époux qui vous plaise, mais exami-
nez s'il est capable de bien régir
ces richesses que vous confiez à sa
prudence. Nous ne sommes pas, je
le sais, libres de marquer la situation qui conviendrait davantage à
notre bien-être; mais nous pouvons
cependant, après un mûr examen
des choses, nous arrêter à celle qui offre moins de chances contraires. Chaque classe de la société et chaque in-

dividu de toutes les classes a sa portion de bonheur et de peines, de vertus et de devoirs. L'homme du monde
mécontent et le religieux fanatique,
pris à part, décident faussement que
la vie n'est que misère, et ceux qui
existent, une masse de corruption.
L'homme généreux et le vrai sage,
aperçoivent beaucoup de joies réelles
en ce monde, et dans leurs semblables, plusieurs restes de cette perfection originelle avec laquelle nous
avons été créés. Nous favorisons nos
passions, mon amour, dans le dessein de faire accorder une félicité
sans mélange à nos appétits désor-
donnés ; et nous ne quittons le monde
que lorsqu'on cesse de nous rendre
le même encens que notre vanité
dit nous être toujours dû. Nos com-
pagnons de voyage sont poussés par
des motifs à peu près semblables : les

uns tiennent à la fortune, les autres à la réputation, certains veulent tout envahir, beaucoup s'intriguent, se font la guerre, se déchirent et maudissent leur espèce, parce qu'ils rencontrent maintes gens qui leur ressemblent.

Ne croyez pas, très-chère Emilie, que mon dégoût du monde vienne de ce que j'y ai souffert, car je n'ai absolument à me plaindre de personne. Je ne hais qui que ce soit, et ne trouve pas un grand mérite à cela ; car personne ne m'a jamais fait de mal. Ma destinée a été singulière, et je me suis vue soumise à de dures épreuves, mais étrangères à la société. J'ai été accusée ensuite de ce dont je suis parfaitement innocente. Si mon histoire était connue, on me regarderait sous un jour bien différent ; cependant je suis forcée de laisser croire ce dont je me justifi-

rai à une époque plus reculée. En
attendant je remarquerai que nous
nous méprenons beaucoup plus souvent sur ce que nous pensons d'autrui, que nous n'avons de raison
dans nos censures. Un goût naturel
pour ce qui est bon et parfait, que
même l'être coupable ne perd jamais,
nous porte à condamner, sans examen, ce qu'on nous dit des erreurs
de nos semblables, et dans notre
promptitude à payer ce qui semble
un hommage à la vertu, nous n'at-
tendons pas d'être instruits des particularités qui nous rendraient plus
corrects dans nos décisions. Avouons
donc que nos facultés bornées nous
ôtent les qualités propres à devenir
des censeurs justes; car la tombe renferme bien des excellences que nous
n'avons pas su distinguer, et nombre
de crimes dont nous avons été dupes.

« Votre petit dessein n'est assurément pas au-dessus du médiocre ; cependant je ne désire pas vous voir
exceller dans aucun genre de talent.
Ce n'est ni un malheur, ni une honte
de manquer de ce qu'on appelle un
vrai talent ; mais c'est un grand tort
que de les dédaigner en général. On
gagne toujours, sous le rapport de la
morale, en cultivant des goûts qui,
joints à des connaissances acquises,
sont assurément précieux pour accompagner les qualités de l'ame.
L'artiste qui crée, ou le poëte qui
imagine ce qui est réellement beau et
divin, n'est qu'un hypocrite achevé,
s'il se laisse entraîner par les propen-
sitions vicieuses du vulgaires ; j'irai
plus loin, il lui faut franchir des
barrières que n'ont pas, pour les retenir, des hommes peu éclairés ; car
les sensations actives qui nous ensei-

gnent à représenter ce qu'il y a de
meilleur et de plus attractif, nous
apprennent en même temps à nous
préserver du vice.

« Cette longue lettre, ma chère
enfant, est la preuve la plus grande
que je puisse vous donner de mon
rétablissement de santé, car vous
savez que je n'écris jamais que quand
mon petit bonheur est parfaitement
en ordre. Ce contentement que j'é-
prouve, vient de vous savoir si bien
avec l'homme qui a un droit légal sur
vous. Je suis persuadée que vous ne
négligez aucun soin de lui plaire
pour payer son affection, en lui rendant sa vieillesse supportable. Si, sans
nuire à vos devoirs, vous pouvez me
consacrer quelque semaines, ce sera
un bonheur pour moi. Jusque-là oc-
cupez votre plume à me convaincre
de la durée de vos sentimens pour

une amie qui ne cessera de vous
chérir.

SIDONIA DELAMORE. »

« *P. S.* Les docteurs, comme il vous
plaît d'appeler mon médecin et mon
curé, ne veulent pas vous nommer
autrement que *l'espiègle;* comme
tout le reste de mon monde, ils
continuent de vous être tendrement
attachés. »

Il n'est pas nécessaire de raconter
toutes les particularités du voyage
de miss Mandeville. Je m'en rap-
porterai à l'imagination du lecteur,
pour deviner la quantité d'opéras, de
concerts, de réunions, de bals, de
comédies, de mascarades, de beaux
et de belles, de lords et financiers, *cen-*
seurs vulgaires et *penseurs vul-*
gaires, qui employèrent tous ses momens sitôt son arrivée dans la capi-

tale. Ainsi en vue, ma jeune héroïne,
dont la fortune était immense, ne
pouvait manquer de trouver un nombre infini d'adorateurs, qui, d'après
les règles établies, étaient la pro-
priété d'autres belles, moins for-
tunées, qui avaient soupiré long-
temps pour leurs charmans Adonis,
que la cruelle Emilie enchaînait d'un
seul regard. Ma lectrice conçoit
(sur-tout si elle est jeune et jolie)
combien les attraits irrésistibles de
miss Mandeville faisaient de malheureux, et comment, nonobstant sa
détermination de ne jamais troubler
la paix de personne. Or, la beauté qui
fixera ses yeux sur ces pages, peut
se rassurer, car je lui promets qu'a-
vant la fin de cette histoire, quand
j'aurai marié Emilie à ma satisfaction, j'obligerai tous ces bergers dé-
daignés, à retourner aux pieds des

dames, qui les adoraient long-temps
dans le secret, et à les conduire
tour-à-tour à l'autel, parce qu'il est
du devoir des romanciers de remplir
le monde d'heureux couples, tant
soit peu inférieurs au héros et à l'héroïne, en richesses, en vertus et en
félicité. Mais étant en ce moment occupée de mon plan principal, je ne
veux pas (quoi qu'autorisée par l'u-
sage) introduire de longs épisodes
pour faire des feuilles, mais m'en
tenir à ce que j'ai promis. Si je suis
assez heureuse pour remplir le nombre qui m'a été prescrit, sans l'aide de
matières supplémentaires, je veux
que la treizième édition de cet ouvrage soit enrichie par la vue de
certains nouveaux personnages, qui,
comme mes caractères principaux,
seront pris dans la vie réelle.

Je ne dois cependant pas omettre

de parler d'une conquête que miss
Mandeville fit aussitôt son arrivée à
Londres, le jeune marquis *de Glenvorne,* chose qu'on a peut-être de-
vinée d'après ce que j'ai dit, que
leurs terres se touchaient, et parce
qu'Emilie était réellement une demoiselle très séduisante. La marquise
devint bien volontiers son amie, et
se chargea de guider son inexpérience à travers le tourbillon du
monde; et c'est ce qui donna occasion
à son fils d'observer que l'héritière
de Devonshire avait plus d'agrémens,
de délicatesse et de modestie, que tout
ce qu'il avait vu de jeunes demoiselles jusqu'alors. Il en devint bientôt
éperdument amoureux, et pressé de
devancer une armée de compétiteurs,
il hasarda une déclaration en forme.
Un premier refus ne le découragea
point; il engagea sa mère à parler

pour lui, et cette dame chercha à connaître d'Emilie ce qui l'empêchait d'agréer le tendre et respectueux hommage de son fils. Miss Mandeville prétexta un engagement antérieur. Cette déclaration déconcerta le marquis. Il savait qu'elle avait passé sa vie dans la retraite, et conaissait assez le voisinage de Mandeville, pour ne le pas croire propre à détruire ses espérances; il savait que personne n'avait encore osé la demander à son oncle : qui pouvait donc avoir surpris ce trésor? Sûrement la jeune personne n'usait pas de sa franchise en ce moment ; avait-elle conçu quelque prévention contre lui, qu'elle n'osait avouer, et prenait-elle, pour motiver son refus, une cause qui ne pouvait manquer de paraître insurmontable ? Lord Glenvorne éprouvait un senti-

ment bien vif pour Émilie , et il espérait qu'en se faisant mieux connaître , il parviendrait à vaincre sa
répugnance et à l'intéresser. En attendant il s'en regarda comme l'ami,
et l'assura que tout en se défendant
de l'importuner jamais de sa passion,
il conserverait l'espoir d'être moins
malheureux un jour; qu'il l'aimerait
tendrement jusqu'à ce qu'il la vît la
femme d'un autre, ou qu'il sût le
nom du mortel fortuné qui était ho-
noré de sa prédilection. Le marquis
au total avait le plus grand droit d'é-
tablir ses prétentions à la main de
miss Mandeville. Jeune , riche,
agréable dans sa personne , il était
aussi irréprochable en moralité, que
distingué dans ses manières. Il avait
l'humeur assez galante et assez pas-
sionnée pour satisfaire l'amour propre d'une femme, mais non pour

perdre la tête, parce qu'il en serait
rejetté sans aucune raison approuvée
par le bon sens. Il était fils aussi at-
tentif qu'affectionné. On en parlait
en général comme d'un homme fait
pour procurer le bonheur et le goûter. Avec son rang et sa fortune il
paraissait impossible qu'il éprouvât
un refus, si ce n'est de celle qu'un
sentiment romanesque avait rendu
l'esclave de l'image adorée d'un lord
Avondel.

FIN DU PREMIER VOLUME.

www.ingramcontent.com/pod-product-compliance
Lightning Source LLC
Chambersburg PA
CBHW071806020726
47502CB00004B/1013